CW00496356

CON NOMBRE PROPIO

Cat Yuste

XXVI PREMIOS TIFLOS
1º PREMIO ESPECIAL DE CUENTO

ISBN: 9781697121117
Sello: Independently published

3ª edición: Octubre, 2019.

Cat Yuste

"Algunas personas, y yo soy una de ellas, odian los finales felices"
Vladimir Nabokov

Dedicado a quien quiero y me quiere de
una forma diferente.

Unas palabras de la autora...

Gracias a ti, lector, por tu tiempo y por dejarte llevar de la mano de mis personajes, retorcidos y perversos, tiernos y sedientos de cariño.

Gracias a aquellos que se acercaron, para acabar huyendo despavoridos ante la fuerza que desprendían quizá mis criaturas o quizá yo.

Gracias a los que descubrieron que, a veces, las cosas no son lo que parecen.

Y gracias al culpable de que todo esto empezara, al que descubrió todas y cada una de las caras de este poliedro complejo y arisco, a ese que consiguió resumirme con su inconfundible "listilla".

Cat Yuste

Prólogo

'Con nombre propio' tiene una estructura original. Los nombres propios a los que alude el título (Julia, Noelia, Eva, Gabriel, Guillermo, Alex..., hasta una treintena de ambos sexos) encabezan unas secuencias narrativas muy breves, casi microrrelatos, en las que se presentan otros tantos conflictos o situaciones humanas.

Este planteamiento personal no es, sin embargo, una pura gracia técnica, no es una originalidad gratuita. Es el resultado coherente de la visión del mundo de la autora, de modo que fondo y forma constituyen una unidad coherente.

Cat Yuste ve la vida en una multiplicidad de rasgos sorprendente, donde todo cabe, la esperanza y la frustración, el dolor y la alegría, y también la bondad y la malicia. Por eso esos apuntes de personas expeditivos abarcan la generalidad de nuestra naturaleza. El conjunto tiene algo de puzzle imaginativo, pero prefiero pensar en otra construcción, en un mosaico con que Cat Yuste aborda la misteriosa multiplicidad de lo humano. 'Con nombre propio' es como un caleidoscopio sobre mujeres y hombres y las relaciones entre ambos.

SANTOS SANZ VILLANUEVA
(Crítico literario y Catedrático de Literatura Española de la Universidad Complutense de Madrid)

CON NOMBRE PROPIO

Julía

Siempre tuve alergia a los gatos y al final he acabado viviendo con uno. Julia es pura sensualidad, incluso cuando duerme acurrucada a mi lado, envuelta en carísimos camisones que compra cuando está aburrida; abrazada a delicadas almohadas, que renueva siempre que le viene en gana, y oliendo al último perfume del diseñador que esté de moda.

Pero Julia es mía. Tan felina y traicionera como tierna y pasional. Cara de mantener, cierto, pero mía.

Cuando despliega sus encantos en mi cama, entonces, todo gasto ha merecido la pena. Ardiente y salvaje, pero a la vez mimosa e inocente, se roza contra mi cuerpo, sinuosa, despertándome mil sensaciones. Me clava las uñas en la espalda cuando el placer le consume y, después, duerme tranquila conmigo, junto a mí.

A su manera, me quiere y, a su manera, me lo demuestra. Y yo pierdo la cabeza, enfermo de deseo, solo con saber que ella me espera en casa.

Es caprichosa, tozuda, egoísta y desconfiada, quizá traicionera, siempre pasional, dulce, ardiente... Una gata con un cuerpo que me vuelve loco: joven, firme, suave. Hace de mí lo que quiere, pero es conmigo con quien quiere hacerlo.

Vuelve a deshoras, contoneando sus caderas por el

pasillo, deslizándose entre las sábanas de nuestra cama, ronroneando cerca de mi ombligo, entregándose, implorando mi cariño. Un cariño que solo busca cuando le aprieta la necesidad. La necesidad de caricias. La necesidad de perdón. La necesidad de dinero.

Esa es la manera en la que Julia me entrega su amor. Distinto, sí, pero es amor al fin y al cabo. Un amor que se esconde en cada uno de sus gestos como cuando, al volver del trabajo, la encuentro esperándome subida en sus vertiginosos tacones, desnuda, con una copa de *vodka* en una mano y un cigarrillo en la otra.

Julia me calma con juegos de seducción, con deliciosas caricias que convierten mi cuerpo en una explosión de placer.

Me escucha, atenta, los problemas del trabajo, mientras busca en el vestidor algo que ponerse para ir a cenar con sus amigas. Asiente con la cabeza dándome la razón, por no interrumpirme, sin apartar los ojos de las perchas que sostiene indecisa.

Trasnocha mucho, sí, pero siempre vuelve, conmigo, a nuestra cama, a mis brazos, buscando mi protección y, por qué no decirlo, también mi cartera.

La edad no es impedimento cuando estoy entre sus piernas, ni tampoco cuando se para frente a una joyería. Caprichosa, sí, pero mía. Conmigo. He acabado necesitando de ella tanto como ella de mí.

He vuelto a casa, pero Julia no me espera desnuda en la cocina, ni preparándose un baño, ni dormida en el sofá...

Veo que faltan muchas cosas: su ropa, joyas, alguna maleta...

Dudo que regrese, porque se lo ha llevado todo. Todo lo que ella considera suyo, todo lo que para ella es importante, todo excepto lo mucho que la quiero. Supongo que eso es algo que ya no va a necesitar.

Henrí

Todos los días atravieso el mismo parque para ir a la oficina. Podría llegar en metro hasta la mismísima puerta, pero prefiero bajarme un par de paradas antes para poder disfrutar de quince minutos de ficticia calma.

Hacia la mitad del camino, suele estar un joven de pelo largo tocando el saxofón. No lo hace del todo mal, pero la gente pasa sin prestarle demasiada atención. Mientras toca cierra los ojos, quizá para concentrarse en las notas, quizá pensando en el frío insoportable de las mañanas de Madrid o, tal vez, solo para imaginarse un público más entregado, que le aplauda al terminar cada pieza. Yo sí le escucho. Me gusta que le ponga banda sonora a la jornada aunque nunca me he parado a aplaudirle. Debería empezar a hacerlo.

Casi todos los días, me cruzo con una pareja de policías que camina charlando de lo último que han leído en la prensa deportiva. Uno es veterano, la gorra no consigue disimularle las canas. El otro es un joven que comenzó hace un par de años lleno de entusiasmo. Ahora el uno se ha contagiado del otro. El veterano le pone entusiasmo a mirar sin recato a las chicas que pasan. Y el joven despunta ya alguna cana que la gorra no consigue disimularle.

Al final de mi recorrido, justo al lado de la fuente que solo encienden en verano, está mi personaje favorito de todo el parque. Es un artista. Un maestro en el manejo del carboncillo. Hace pequeños dibujos en folios corrientes que luego vende por unas cuantas monedas. Este es el único que vive aquí. Pases a la hora que pases, siempre está sentado en su banco, rodeado de papeles llenos de instantes: cosas que ve, cosas que inventa. Solo aquello que realmente llama su atención acaba plasmado en uno de sus folios.

Fuma demasiado, supongo que para mantenerse caliente. La radio siempre encendida con música, noticias..., cualquier cosa con tal de tener ruido de fondo. No habla mucho, al menos conmigo, solo tose de vez en cuando.

Como sus dibujos son auténticas fotografías hechas a mano y siempre hay alguna escena de París, le he puesto de nombre Henrí, por Toulouse-Lautrec.

A veces, me paro a mirar una a una las instantáneas que esa tarde ha dibujado. No me mira, pero intuyo que oye lo que digo, aunque no conteste. «Te compro ese, el de la muchacha en la terraza parisina. Pero lo dejaré aquí, para que los demás puedan disfrutarlo». Después, dejo caer un par de euros en la escandalosa lata y me voy.

Nunca me da las gracias. Nunca contesta, ni sonríe. Nada. Solo levanta la vista y me inunda con su mirada azul. Es un genio y actúa como tal. Tiene algo que solo pocos pueden —podemos— apreciar.

Henrí es raro de entender. Mantiene a la gente al margen de su vida, apartados, y, a la vez, se desnuda a diario a través de sus dibujos; instantes cotidianos que despiertan ternura, pena, pasión.

Algo debió arrastrarlo hasta dejarlo anclado a este banco, sobreviviendo de las limosnas de los demás y mirándolo todo con ojos de niño, callado y solo.

Esta mañana Henrí no estaba, como de costumbre, en su banco. Solo quedaba su carpeta y un diminuto lapicero mordisqueado. Le he preguntado a la pareja de policías faltos de ganas y me han dicho que una ambulancia se lo ha llevado esta madrugada y que tardará en volver, si es que acaso volvía.

Me ha podido la curiosidad y he abierto la cochambrosa carpeta. Estaba repleta de escenas parisinas, por supuesto, de rincones de Madrid, del parque, de gente. Hay una chica que aparece recurrente en casi todos los folios. Me resulta familiar.

Entre tanto dibujo, uno ha llamado mi atención. Es el primer plano de una mujer morena. Yo. Dibujada al detalle, incluso el lunar que tengo cerca de la boca. Parece que, en el fondo, me prestaba más atención de lo que yo creía, aunque pudiera parecerme lo contrario.

Me lo he guardado en el bolso y he vuelto a dejar la carpeta en su sitio, con el pequeño lápiz encima, por si algún día le da por volver.

Ana

A na se mira en el espejo y observa la imagen patética que este le devuelve. Frente a ella, un cuerpo delgado, fibroso, cincelado a base de gimnasio y algún retoque de bisturí que jamás confesará. ¿Cuántos años puede tener? ¿Cuarenta? ¿Cincuenta? Nadie lo diría.

Quien la viera ahora no creería que es esa mujer fría y calculadora que arrasa a su paso, conduciendo con mano dura los designios de una importante empresa. Esa a la que nada parece afectarle. La que nunca concede una tregua cuando se fija un objetivo, consiguiendo siempre quedar por encima de todo y de todos. Nadie sería capaz de encontrar ni uno solo de los rasgos de esa Ana en el reflejo que ahora aparece en el espejo.

Ante ella solo hay una niña vulnerable y huidiza, de esas que se acobardan con la sola presencia de un desconocido desnortado que las aborda en plena calle.

Se acerca al espejo y apoya las manos en el cristal. Al otro lado, la niña grita por salir, por escapar de esa otra realidad, por encontrar alguien que la abrace y consuele, alguien que quiera cuidar de ella.

Ana cierra los ojos por un segundo. Le asquea la imagen que el espejo le devuelve. Piensa que todo sería más fácil si estuviera entre los brazos de aquél que había logrado conocerla tal cual era, protegiéndola, cuidándola, y que, de pronto, había decidido dejarla sola, sin tan siquiera una explicación.

Apoya la frente en el espejo. Exhala un suspiro. Abre lentamente los ojos, con resignación. Puede ver su cara a través del vaho que se ha formado, borrosa, desdibujada. Sus ojos inermes buscan consuelo... En vano.

Violentamente se retira del espejo, con rabia, con asco, despreciando la imagen que ve. No puede permitir que nadie encuentre a esa niña frágil y endeble.

Abre el armario. Elige una de sus faldas, lo suficientemente corta para llamar la atención de aquellos que sienten, ya de por sí, curiosidad por ella. Camisa de seda negra, que otorga elegancia y carisma, si se sabe llevar. Y no hay duda de que ella había logrado el equilibrio perfecto.

Se sube en unos vertiginosos tacones, que anunciarán su llegada y retumbarán tras su marcha. Disfrutará del repiqueteo sobre las baldosas pulidas de la oficina, distrayendo a todos, haciendo que pierdan por un segundo la atención en lo que están haciendo para mirarla pasar.

Vuelve la cara hacia el espejo. La niña timorata aún está presente. Al menos ya no parece tan asustada, el mundo se ve diferente desde la altura que te proporcionan unos buenos tacones. Pero esa cara aún la delata.

Esparce un ligero maquillaje que disimule, de alguna manera, la palidez del miedo y oculte el sonrojo de timidez, en caso de que asome a sus mejillas. Sombra de ojos que haga desaparecer, como por arte de magia, esas ojeras que revelan la recalcitrante falta de sueño. Dibuja sus labios, tentación para muchos y plato prohibido para todos. Labios que han cambiado de sabor de tantas mentiras como se han visto obligados a decir.

Recoge su pelo, de un negro intenso, en una especie de

moño consiguiendo así endurecer sus rasgos aun más. Solo queda el toque final: un perfume sutil pero envolvente, que perdure tiempo después de que ella se haya ido.

Y vuelve a mirarse al espejo. Ahora sí tiene frente a ella una mujer hecha y derecha. La envidia de todos. El ejemplo vivo de la mujer triunfadora y segura de si misma. Independiente, capaz de afrontar cualquier contratiempo sin desmoronarse.

Ha conseguido ocultar a ese ser que intentaba darse a la fuga. Los gritos de desesperación han sido amordazados, un día más, por la envoltura que la recubre. El crimen perfecto. Nadie sospechará, son años de experiencia los que la avalan. Impecable, como siempre, totalmente caracterizada de su personaje. Ese que tantas alegrías le ha dado y tantos enemigos le ha granjeado.

A punto de salir por la puerta, de camino a otro interminable día de trabajo, no puede evitar mirarse de reojo en el inmenso espejo que hay en el taquillón de la entrada. Está perfecta, no hay duda, pero... Se acerca, para poder verse mejor. Sus ojos la delatan. Sus ojos lo reflejan todo.

Busca en su bolso la funda de las gafas de sol. Se las coloca, delicadamente, y vuelve a mirarse. Ahora sí. Atisbo de sonrisa y portazo al salir. Sus tacones resuenan por las escaleras, dejando claro a sus vecinos que ha comenzado un nuevo día para Ana.

Noelia

Te miro. Sigo tus gestos con escrupulosa atención, disfrutando de cómo apoyas en ellos la pasión de tus palabras. Me he convertido en una incondicional de tus canas. Incluso, de esa arruga que asoma cuando frunces el ceño en tus fingidos enfados. La seriedad del traje y la corbata, impecables, contrastan con la pulsera de cuero que surge indiscreta en tu muñeca cuando estiras el brazo para escribir en la pizarra.

Tu voz resuena enérgica, invadiendo cada rincón del aula. Y en tus ojos, vivos, verdes, se alcanza a ver al niño que fuiste y que aún se resiste a abandonarte.

Puedo imaginarte fuera de aquí, de esta disciplina encorsetada, que tan poco te gusta, por ser la culpable de poner freno a tu imaginación. Yo me dejo llevar por la mía, pensando en el calor de tus caricias, el sabor de tus besos apasionados y la sonrisa sincera que fluye tras el beso.

Y me olvido de dónde estoy, nadando en conjeturas de tiempos posibles, futuros que quizás estuvieras dispuesto a vivir conmigo.

Eso si caes en la cuenta de que estoy aquí, claro. Tan pequeña, irrelevante, con mi enfermizo afán por pasar inadvertida. Cosa fácil entre tantas minifaldas y escotes que buscan provocarte. Y estoy convencida de que, en algún momento, habrán conseguido su propósito.

Mis ojos se tornan vidriosos y tu imagen se emborrona en el fondo verde de la pizarra. Tu voz se aleja y pierdo la noción del tiempo y el espacio. Apenas por un momento, pronto un total silencio me alerta de que algo pasa. De vuelta a la realidad, descubro que me estás mirando fijamente, condescendiente en el fondo. Carraspeas y me preguntas:

—Noelia, estás de acuerdo conmigo, ¿verdad?

Todos los ojos se clavan despiadados en mí. Siento un irrefrenable calor que acaba sonrojando mi cara. Acierto a decir un tímido "sí" que te arranca una sutil carcajada. Pero prosigues con la explicación, desviando así la atención del resto de la clase que, poco a poco, me va quitando los ojos de encima.

El timbre lo para todo definitivamente. Como ya es costumbre, se me ha hecho corta la hora. Recojo rápido mis cosas, la vergüenza me obliga a salir huyendo de aquí.

Demasiado tarde, en dos zancadas te has plantado junto a mi silla.

—Si te pierdes tanto, tendré que darte clases particulares. Y, sinceramente, preferiría dedicar ese tiempo a tomarnos un café.

Me sonrío. Me sonrojo, otra vez. Y con cierta chulería, y aun más inconsciencia, te respondo:

—Pues tomemos ese café y dejemos la explicación.

—Perfecto. Ahora tengo un rato. Vámonos, demasiado tiempo encerrado aquí acaba pasándote factura.

Se me escapa la sonrisa, no se aleja demasiado de lo que había imaginado. Cojo mi carpeta y recuerdo que he quedado en diez minutos con Pablo. Le llamaré y pondré cualquier excusa. Si todo sale como espero, tendré que decirle que esta noche no duermo en casa.

Gabriel

Son casi las doce. La casa está en silencio, a oscuras, en calma. Y, por fin, puedo pensarte. Camino descalzo procurando no hacer ruido. Todos duermen ya: mi mujer, mis hijos.

Miro, aburrido, el ir y venir de los peces dentro del acuario. Ese maldito acuario al que mi mujer dedica más tiempo que a mí. Me acerco a la ventana para fumar uno de esos cigarrillos que el médico me ha prohibido. El viento mueve, cadencioso, las cortinas y la brisa alborota mi pelo, esparciendo por la habitación el humo de este cigarro clandestino. En la calle, apenas sí se oye una sirena que se aleja, escandalosa. Y, en la escalera, los tacones de Nuria me avisan de que vuelve a casa, después de todo un día de trabajo.

La imagino entrando en casa, saludando al gato con un gesto cariñoso, quitándose los zapatos y dejándolos por medio, entrando un momento en la cocina para coger un *brick* de zumo y llevándoselo a su dormitorio...

Veo cómo se enciende la luz de su habitación, rutina de cada noche que yo sigo en silencio escondido en la oscuridad de mi despacho. Sé que Nuria no sabe que la miro y eso me gusta y, a la vez, me apena. Soy un espía, observándola en su vulnerabilidad, en su intimidad.

El viento mueve sus cortinas y puedo ver su cuerpo reflejado en el espejo mientras se desnuda. Está tan guapa con ese vestido azul, ligero, de tirantes finos, tan sencillo de quitar...

Recoge su pelo en una larga coleta alta, dejándome ver sus hombros, y desliza la cremallera de la espalda. Baja lentamente los tirantes y el vestido cae resbalando por su cuerpo delgado. Y no puedo apartar la vista de esa silueta que apenas se adivina al trasluz de las cortinas.

Despreocupada, va y viene por la habitación intentando poner un poco de orden, mientras en mi cabeza reina el caos... Y comienzo a imaginar cómo sería el tacto de sus hombros, de su pelo, su olor, el color de su voz.

Me conformo con mirarla escondido, como un cobarde, oculto por la oscuridad, mientras fumo un cigarro tras otro disfrutando de su rutina. Es el único consuelo que me queda.

Nuria... Ni siquiera sé si se llama así. Yo mismo inventé su nombre, la excusa de que vuelve del trabajo, la posibilidad de que viva con un gato. Todo. Solo sé de ella lo poco que me muestra esa ventana: una preciosa silueta definida entre unas cortinas, blancas, caladas, que el viento agita caprichoso descubriéndome su cuerpo.

El tiempo corre en mi contra y mi Nuria debe estar a punto de apagar la luz. Tendré que esperar un día entero para poder disfrutarla de nuevo.

Veo su figura acercarse a la ventana y descorrer ligeramente la cortina con ingenuidad. Me mira. Unos grandes ojos verdes se clavan en mí.

—Sabía que estarías ahí, fumando. —Se sonríe—. Me he quedado sin tabaco y a ti seguro que todavía te queda algún cigarrillo, ¿verdad? Solo tienes que bajar un piso...

No me lo pienso. No quiero pensarlo. Cierro con cuidado la puerta de mi casa, dejándola a oscuras y en calma. Mis pasos se pierden por las escaleras que me llevan al piso de abajo.

Catalina

El viento agita las ramas de los árboles, moviéndolas de un lado a otro de la calle. Unas veces lentamente, otras de forma brusca, obligándolas a soltar las hojas que caen, con un grito mudo, hasta acabar arrastrándose por el suelo, moribundas, a merced del viento impertinente y de los pasos rápidos de la gente.

Se va notando ya el frío. Algunos suben las solapas de sus chaquetas, intentando así zafarse de él. Pero el frío se cuela por cualquier resquicio mordiéndoles por dentro, obligándoles a encogerse dentro de sus chaquetas buscando refugio.

Diminutas gotas de lluvia lo salpican todo. Invisibles, van calando sin prisa lo que encuentran a su paso, cuajando los cristales de los coches de pequeñas motas transparentes que resbalan como lágrimas, dejando ondulados surcos brillantes.

Mis botas se sienten niñas mientras juegan en los charcos de hojas que se han ido formando a lo largo del camino. Paseo parapetada tras mi bufanda y con el pelo enredado en las manos del viento que me acompaña, mientras saco al perro por el parque que hay frente a tu casa.

Sé que me estás mirando desde tu ventana, observando el juego que me traigo con las hojas, con el aire, con las pequeñas gotas de lluvia que se escapan cuando el viento cesa. Imagino lo que estás pensando, el odio que guardas. Ése que aún no ha desaparecido, el que te obliga a mantenerme lejos de ti.

Levanto la cara y miro a tu ventana directamente. La cortina se mueve, te escondes detrás de ella. Crees que no te he visto. Supongo que intentas protegerte.

Me tienta la idea de silbarte, agitar los brazos y gritar para que abras la ventana. Ya te perdiste el final del verano, no quiero que te pierdas también el otoño. Pero me detengo. Quizá no sea buena idea. Quizá debería dejarte más tiempo todavía. Cada uno lleva un ritmo en la vida y tú aún necesitas espacio para, a tu manera, pasar esta especie de duelo.

No eres el mismo desde que ella se fue, desde ese último mensaje enviado a finales de agosto. Pero es que ella no existe, porque ella soy yo. Tenías que saberlo, no podía seguir mintiéndote. ¿Qué más podía hacer? ¿Qué hubieras hecho tú?

No se podía seguir con la farsa, no era bueno para ninguno de los dos, no nos conducía a nada. Y solo eran palabras en la pantalla, nada más. Hubiera sido fácil continuar fingiendo, dando forma a un personaje imaginario que se estaba convirtiendo en tu punto de apoyo, en esa persona que llevabas tiempo buscando pero que eras incapaz de encontrar. Solo el nombre, Catalina, era mentira. Todo lo demás no. No fingía cuando te dije "te quiero", ni tampoco ahora que me duele tu ausencia. Pero no lo supiste entender, algo lógico, supongo. Mis explicaciones llegaron tarde. Ya no sonaban convincentes después de sostener una farsa que duró casi dos meses.

El silencio fue lo único que quedó entre nosotros. Desistí de intentarlo cuando dejé de verte por los sitios de costumbre. Estaba claro que evitabas coincidir conmigo y tampoco yo quería incomodarte. Simplemente, acepté tu decisión y me hice a un lado.

Camino entre las hojas, dándoles patadas, levantándolas del suelo, esparciendo los montones que ha hecho el barrendero en los bordes de tu acera. Siento que me sigues mirando desde tu ventana, blindado, pero esta vez no voy a levantar la cabeza para comprobarlo. ¿Para qué? Sé que este castigo se prolongará hasta que te sientas resarcido del engaño. Quizás en unas semanas, quizás en unos meses, quizá nunca.

Y yo, mientras, solo puedo pensar en que ojalá abras la ventana y me llames, a voces, para tomarnos ese café que tantas veces nos prometimos.

Lucía

P oca gente consigue distraerme cuando estoy sentado en mi mesa de costumbre, con mi café y mi periódico. Procuro no mirar más allá de la noticia que esté leyendo. La verdad es que me importa poco lo que pueda pasar a mi alrededor, pero ella llamó mi atención desde el primer día.

Trabaja cerca de aquí, en una de esas lujosas oficinas al otro lado de la calle. Siempre sonriente. Optimista convencida y militante, hasta hace un par de meses en que cambió radicalmente. Su aspecto parecía abatido, cansado. Daba la sensación de que sus noches no se habían hecho para dormir. Se le agrió el carácter y decidió cambiar su sonrisa por una mueca avinagrada.

Hacía un par de semanas que no bajaba, como era costumbre, a tomar su café después de comer. Pero hoy ha vuelto a cumplir con su rutina. Me ha costado reconocerla cuando sus tacones me obligaron a levantar la vista, ávido de curiosidad por saber quién andaba con ritmo tan acompasado.

Parece otra. Risueña, sí, pero ya no tiene ese poso de inocencia. Algo ha cambiado en sus gestos, en su forma de vestir, incluso. Me parece aun más sexy que antes. Segura de si misma. El tipo de mujer que siempre me volvió loco.

Me ha mirado y le he correspondido con un gesto amable. A fuerza de vernos a diario, acabamos por saludarnos sin más aspavientos. Una lástima que mi mujer no me deje salir con otras.

Se ha sentado en una mesa frente a la mía a disfrutar de su café y su libro, hasta que ese chico —con el que a veces la había visto— ha entrado en la cafetería. Indeciso, arrastrando los pasos, se ha acercado a ella y la ha saludado.

—Hola...

—Vaya, veo que sigues vivo.

Ácida ironía. No puedo por menos que quedarme escuchando.

—¿Me puedo sentar?

—No.

—Lucía...

—¿A qué has venido?

—A explicártelo. —Se sienta, obviando la negación de permiso—. Lucía, yo pensé que era lo mejor para ti.

La mirada de Lucía le ha tenido que atravesar, envenenada de odio.

—¿Y quién te ha dicho que podías decidir por mí?

—Creí que sería lo mejor, lo siento si no ha sido así —se para, para tragar saliva o, quizás, intenta digerir su propia mentira—. Pero, en estos meses, me he dado cuenta de que te echo mucho de menos. Por eso he vuelto. Llevo toda la semana viniendo hasta aquí, pero no me he atrevido a entrar.

Lucía se muerde los labios. Parece estar macerando la frase perfecta. Cierra el libro y se inclina, ligeramente, sobre la mesa para acercar su respuesta a la cara del pobre infeliz.

—Pues yo, en estos meses, me he dado cuenta de que te echaba de más. Cómo podría explicártelo para que lo entiendas... Digamos que me he dado cuenta de que eras una inversión sobrevalorada. Vamos, un capricho pasajero que ya no necesito. Búscate a una a la que le guste que decidan por ella.

Y, sin más, abre de nuevo su libro y sigue leyendo tranquilamente. El chico recoge la poca dignidad que le queda y sale de la cafetería, arrastrando los pasos. Qué gesto más derrotista. A estos tipos se les cala rápido. Veo que Lucía ha tardado un poco, pero ha acabado dándose cuenta.

Levanta los ojos del libro y me mira, buscando un gesto cómplice o, quizás, una palabra de aprobación.

—Yo también prefiero el café solo —le digo—. Claro que aún estás a tiempo de cambiar de opinión.

—¿Cambiar de opinión? —se sorprende.

Soy incapaz de disimular el tono irónico que destilan mis palabras.

—Claro, también puedes decidir tomártelo conmigo.

Lucía se sonríe, intentando disimular el sonrojo que mis palabras le han causado. Ha cogido su café y viene a sentarse en mi mesa.

Un mensaje furtivo a mi mujer para librarme de la cena con sus amigas... Y el resto es otra historia.

Guillermo

—Y, ahora que te veo, me doy cuenta de que el tiempo te ha pasado por encima. Solo hace un año que te perdí la pista, que me marché, y casi no puedo ni reconocerte. Dónde está el hombre luchador que yo recordaba, ese que conseguía todo lo que se proponía. Dónde está aquel que plantaba cara a los problemas y se rasgaba las vestiduras frente a las injusticias. ¿Dónde se quedó, lo sabes? Estoy buscando al tipo que consiguió sacarme del pozo en el que yo solita me había metido. ¿Sabes algo de él?, porque no es la persona que tengo delante, eso está claro. Ya no tienes ese brillo en tus ojos, Guillermo, ni tu sonrisa, ni esa fuerza. Ni siquiera eres capaz de mantener la cabeza levantada mientras te hablo. Te refugias en tus cigarrillos, abrazando con pasión a esa maldita botella. Con la misma pasión con la que antes abrazabas a las mujeres. Con la misma pasión con la que, ilusa de mí, creí que me acabarías abrazando algún día. ¿Qué fue del tipo que me deslumbró al conocerle? ¡Vamos, di algo! Cómo has sido capaz de convertirte en esto, tú que presumías de estar blindado ante todo y ante todos. Cuántas veces intentaron hundirte tirando por tierra tu trabajo, tu carisma, lanzando rumores sin fundamento. Y daba igual lo que dijeran porque todo parecía pasar por tu lado sin rozarte. ¿Y ahora? Guillermo, siempre tuve fe en ti. No daba crédito cuando me contaron que habías decidido tirar todo por la borda sin razón alguna. ¿Por qué? ¡Levanta la cara, maldita sea, y mírame! ¿Qué razón tienes para estar así? ¿Qué ha sido lo que te ha destrozado de esta manera, convirtiéndote en un despojo de ti mismo? ¿Acaso es por amor...? Quién es ella, dímelo. Qué te ha hecho. Tanto te duele esa mujer que te dejas ir, así, sin más...

Guillermo, al fin, levanta despacio la cabeza y la mira, interrumpiendo así el discurso vehemente que Sara le grita en mitad de una habitación sucia y desordenada.

—Sara, con lo lista que fuiste siempre y aún no te has dado cuenta de que eres tú quién me ha hecho esto.

Justine

F umo frente a la puerta de mi oficina, interesado en la gente que pasa por delante, con prisa y sin percatarse de que les observo. Les escucho, atento, intentando localizar el singular tintineo del llamador de Justine.

Todo comenzó por casualidad, cuando Julia se marchó olvidando sobre la mesilla el llamador de ángeles que le regalé al poco de conocernos. Recuerdo que se sonrió cuando le conté la leyenda. «Los ángeles regalaron pequeñas esferas plateadas a los duendes para que las hicieran sonar si necesitaban de su protección». Yo quería ser ese ángel que la protegiera.

Julia se quedó conmigo unos años, hasta que dejó de fingir que me necesitaba. Una tarde, al volver del trabajo, ya no estaba. Sobre mi mesilla de noche encontré las llaves de casa y su llamador. Prefiero pensar que se lo dejó olvidado.

Así comenzó mi afición por coleccionar, llamadores y mujeres. Disfrutaba paseando entre la gente para descubrir el dulce tintineo metálico hasta dar con una nueva mujer. Me acercaba con la excusa de contarle la vieja historia que encerraba su colgante. Unas ni siquiera se paraban, mirándome como si yo fuera un loco. Otras, simplemente, se reían y continuaban su camino. Pero, algunas aceptaban tomarse algo conmigo en la cafetería más cercana.

A estas últimas podía dedicarles días, semanas incluso. Todo con tal de que acabaran dejando su llamador y el sujetador sobre mi mesilla de noche. Después de aquello, perdían todo interés y, de nuevo, me sumergía en el bullicio de la gente en busca de otra mujer que agitara su llamador.

Recuerdo aquella tarde. Pequeñas gotas de lluvia habían llenado de pecas los cristales de los coches. Desde esa terraza podía controlar casi toda la plazoleta. La música de fondo amortiguaba los pasos de los peatones. En el aire, un ligero aroma a café y bollos recién hechos. Yo, tranquilo, leía a Dante, cuando un soniquete familiar quebró la línea. Busqué el origen a mi alrededor. Imposible equivocarme, alguien jugueteaba con un llamador de ángeles.

Un par de mesas más allá, una muchacha morena de vestido azul agitaba el colgante mientras charlaba muy animada por teléfono. La observé esperando a que terminara de hablar. Su voz era dulce, deliciosamente perfecta, acompañada en todo momento por el son rítmico de la esfera metálica, que rebotaba en la palma de su mano una y otra vez.

Cuando terminó, al fin, me acerqué, sonriente. Tenía más que estudiado cada ademán, pero no tuve tiempo de llegar. Se levantó y salió corriendo. Alzó la mano, paró un taxi y desapareció.

Regresé durante semanas, por si volvía a verla. Fue inútil.

Pero el destino es caprichoso y, algún tiempo después, nos hizo coincidir, esta vez en una sala de exposiciones. Ella, vestida de rojo, con el pelo recogido, subida en unas vertiginosas sandalias de tacón. Jugueteaba, cómo no, con la minúscula bolita plateada, mientras observaba, absorta, una de las pinturas. Su aspecto distraído, de mujer perdida en los recovecos del cuadro, era enternecedor. No perdí el tiempo pensando. Fui directo a ella.

—Si continúas agitando tu llamador con tanta vehemencia, vendrán todos los ángeles de la sala en tu ayuda.

Se giró y me miró sonriente. Estaba seguro de que me preguntaría qué había querido decir con eso. Pero no. Hay personas que nunca rompen la magia de un instante por nada del mundo.

—No necesito protección. Y menos de un "Ángel".

Solo había sido un juego de palabras, seguro, pero sonaba tan decidida que no supe qué contestar. ¿Cómo podía conocer mi nombre? Sus dedos ágiles retorcían inquietos el cordoncito del colgante, haciéndolo sonar suavemente.

—¿Coleccionas? —me interpeló.

—Sí, pero no cuadros. Yo colecciono llamadores como ése que llevas.

—Yo también colecciono.

—¿Sí? —Aquello me sorprendió—. ¿Y qué coleccionas?; si puede saberse.

Intenté disimular el intenso tono prepotente de mi pregunta. En vano.

—Colecciono cosas exclusivas. Cosas que pocos hayan llegado a tener alguna vez.

No pude por menos que sonreír, aguantando estoicamente una carcajada.

—Vaya. Y, ¿qué puede ser eso que pocos hayan tenido?

Me miró fijamente, inundándome de azul.

—Lo que yo colecciono es raro de encontrar —continuó explicando—, porque quien lo tiene no suele dejarlo escapar.

Atrapados por la conversación, seguimos disfrutando de la sala de exposiciones. Ella se paraba a mirar las obras ladeando ligeramente la cabeza hacia la derecha, con la boca entreabierta. Deliciosa.

Todo lo que decía me resultaba interesante. Me contó de dónde procedía su nombre, Justine. Que todos pensaban que sus padres eran unos apasionados de Sade cuando, en realidad, el nombre lo tomaron de la gran obra de Mary Shelley. Me contó que no se llega a ningún sitio cuando uno estudia bellas artes y que uno de aquellos cuadros era suyo, retándome a que adivinara cuál.

Yo le conté la tradición en mi familia de llamar Ángel al primogénito, que tampoco se consigue demasiado trabajando en una jaula de hormigón manejando el dinero ajeno y que hacía mucho tiempo que no pasaba una velada como aquélla. Señalé un cuadro, por ver si acertaba, pero ella negó con la cabeza.

Y tuve que ver cómo alzaba de nuevo su mano, montaba en un taxi y volvía a quedarme solo.

Pasaron las semanas, los meses, un año entero. Seguí buscando ese tintineo metálico entre la gente, pero ya no buscaba uno cualquiera. No. Ahora buscaba solo el suyo, el de Justine. Ese soniquete inconfundible, único, cuando sus dedos se enredaban, inquietos, en el fino cordón, haciéndolo sonar escandaloso.

Me enciendo otro cigarrillo en la puerta de mi oficina, resignado. Recuerdo su voz al despedirse aquella noche. Su olor. La recuerdo con toda claridad.

Pero nunca hay que olvidar que el destino es caprichoso. Y, al levantar la cara, veo a Justine acercándose a mí. Con un ligero vestido morado, haciéndola destacar aun más entre la gente.

Me mira y sonríe.

—Sabía que estarías aquí fuera, fumando.

—¿Sabías? ¿Cómo podías saber que...?

Zanja mis titubeos con su media sonrisa y, apartándose ligeramente el pelo, deshace el nudo del cordoncito negro. Su llamador. Coge mi mano con firmeza y lo desliza cuidadosamente sobre ella.

—Toma, para tu colección. Pero deberás darme algo a cambio.

La miro contrariado. Y, antes de que pueda preguntarle, me besa. Despacio. Parando el mundo en este beso lento, tierno. Mío. Mis ojos se cierran sin oponer resistencia. Y, tras un instante, nuestros labios se separan despacio. No sé si quiero abrir los ojos aún. Me gustaría quedarme en este beso aunque solo fuera un segundo más. Al abrirlos, la veo alejarse de mí, otra vez, decidida, contoneando sus caderas.

Sin detener el paso, se gira y, con sonrisa pícara, me pregunta:

—Ángel, ¿sabes ya lo que colecciono?

Justine desaparece entre la gente. La miro hasta que creo perder de vista su vestido morado entre la multitud, mientras golpeo contra la palma de mi mano una y otra vez el llamador para que se dé la vuelta.

Jimena

Había quedado con las chicas en la cafetería de la esquina y, como de costumbre, llegaba más que tarde. Jimena acababa de volver de Nueva York después de seis meses de trabajo bien pagado pero poco gratificante. Es lo que tiene ser abogada de políticos: suculento sueldo que nunca deja buen sabor de boca. Jimena era una mujer fascinante. Sarcástica y con gracia para contarlo, nos deleitaba con anécdotas rocambolescas que solo a ella podían sucederle. Pero estábamos tranquilas, nada parecía afectarle. Se había construido una firme coraza que le protegía de todo y de todos. Nadie podía acceder más allá de donde ella consintiera. Tan hermética, tan fría. No se permitía demostrar debilidad. Yo siempre le he tenido envidia por eso.

Las risas de las chicas podían oírse desde la calle. Jimena había desplegado su artillería pesada, destilando ironía en cada palabra. Me senté rápidamente tras soltar un recurrente "hola, lo siento" y una de ellas me puso al día con un par de pinceladas.

—Jimena nos está contando que ha conocido a un chico por Internet. Inteligente, guapo, divertido, romántico... ¡Vamos, el hombre perfecto!

Imagino que se me notó demasiado el gesto de desaprobación después de lo que acababa de oír.

—No me mires así —espetó Jimena—. Me aburría, algo

tenía que hacer, ¿no?

A esa provocación era mejor no contestar, así que decidí remover el café hirviendo que me acababan de traer y escuchar. Jimena se sabía el centro de atención y, coqueta, continuó con la historia.

—Como os decía... Al principio solo charlábamos de vez en cuando, pero con el tiempo acabó siendo una rutina diaria, como quien se apunta al gimnasio. —Jimena era capaz incluso de marcar distancia con su propia historia—. Hablábamos mucho. De todo un poco. La verdad es que era un tipo muy divertido, rápido en sus respuestas y muy ingenioso. Pero, en el fondo, era un clásico y acabó utilizando los pasos básicos para ligar. El primero: hacerte reír, a lo que añadirá que le encanta oír tu risa. Segundo paso: conseguir que te sientas especial. Eso es fácil, es cuestión de exagerar un poco o, directamente, mentir. Tercer paso: hacerte creer que te necesita. Cuidado que aquí se usan toda clase de artimañas, aunque lo más efectivo es decirlo abiertamente. Cuarto paso: acumulado un buen número de horas de charla, se lanza la frase preliminar que preparará el terreno. «Me gustas».

Las chicas eran incapaces de aguantar las risas a cada paso que Jimena iba exponiendo cual tesis doctoral.

—El quinto paso —prosiguió— es complejo, pero el chico se lo trabajó mucho. Una noche, me llamó...

—Un momento, ¿tenía tu número? —No lo pude evitar. O lo soltaba o reventaría antes de pedirme el segundo café.

—¡Sí...! Ya te he dicho que me aburría. ¿Podrías dejar los reproches para el final? Gracias. —Resopló y continuó la historia—. Bien, como os decía, me llamó desde la playa con dos o cuatro copas de más. Y, después de recalcarme lo romántico que era que sonara el mar de fondo, comenzó un discurso interminable sobre que la vida hay que vivirla y no dejar que se nos escape aquello que queremos. Que no iba a rendirse, que él quería hacerme feliz porque nunca se había llegado a enamorar así de nadie. Que yo era la mujer de su vida y que iba a hacer todo lo posible porque estuviéramos juntos.

Jimena lo contaba impasible, recostada en su silla. Impostaba la voz para hacerla más grave, como la de un hombre. Sabía perfectamente cuándo callarse para crear expectación en su público.

—¡Qué bonito! —interrumpió una de las chicas—. ¿Qué le contestaste?

—Nada. Dejé que hablara, de todos modos, daba lo mismo lo que dijera, iba tan borracho que al día siguiente ni se acordaría. Por entonces, venían unos días de vacaciones y pensó que sería el mejor momento para conocernos en persona. Vamos, que tenía necesidad de cama y el calendario se lo puso a tiro.

—¿Quedaste con él?

—¡No interrumpas! —me recriminó una de la mesa.

La cosa se estaba poniendo demasiado interesante y mis reproches podían estropear el ansiado final.

—No... Lo tenía todo preparado, pero no pudimos quedar. Le surgió un viaje de última hora y estuvo fuera más de una semana. Apenas se conectó en esos días, siempre poniendo la excusa de que había tenido mucho trabajo. Pero ya no era el mismo. Ya no le daban esos ataques de adolescente enamorado. Me decía que estaba un poco agobiado con los problemas del trabajo, que por eso le veía así de raro y que tendríamos que posponer los planes, otra vez, porque le había surgido un viaje nuevamente, otras dos semanas.

No pudo evitar una sonrisilla sarcástica al decir esto último. Estaba claro que Jimena no se había creído ni una palabra de todo aquello.

—En esas dos semanas me envió un *mail* para decirme que volvería pronto y poco más. No se volvió a saber de él. Simplemente, desapareció. Por curiosidad, busqué sus datos. Como era de esperar, no encontré referencias sobre él o su dirección de correo. La empresa para la que se supone que trabajaba hacía dos años que había quebrado. Y su móvil dejó de estar operativo. Se esfumó.

—¿Buscaste referencias? —No podía creer lo que estaba oyendo—. ¿Y sus fotos? ¿No tenías fotos suyas?

—Ya te he dicho que me aburría. ¿Sus fotos? Falsas, como todo lo demás. Así que ya lo sabéis: nunca conoceréis al hombre perfecto, porque no existe.

Estallaron en carcajadas y Jimena hizo una mueca a modo de sonrisa. Yo sonreí, por compromiso, mientras de reojo la miraba, tan seria, imperturbable, removiendo su café.

Las chicas se levantaron de la mesa para ir a la barra a pedir de nuevo. Y yo aproveché que estábamos solas para preguntarle abiertamente si estaba bien, aun sabiendo que no obtendría una respuesta sincera.

—Me pareció notar algo raro mientras hablabas. ¿Estás bien?

—Sí. ¿No me ves?

—Jimena, por favor...

Bajó la cabeza y por un segundo cayó la coraza que siempre le cubría.

—Estoy bien. Es solo que, a veces..., a veces le echo de menos. Y, a veces, me echo de menos a mí también, a la que era antes. Tengo la sensación de que han entrado en mi vida, poniéndolo todo del revés. Pero supongo que esto es lo que se siente cuando te enamoras del hombre perfecto, ¿no?

La voz de Jimena se quebró apenas en la última sílaba. Eso ya era demasiado para ella. Se puso sus gafas de sol, revolvió en su bolso en busca del paquete de tabaco y salió a la puerta de la cafetería a fumar, sola.

Jamás hemos vuelto a hablar del tema. De hecho, Jimena nunca más ha vuelto a comentarlo.

Carlos

quel verano acepté trabajar en la radio como apoyo psicológico en uno de esos programas a los que la gente llama para desfogarse contando sus miserias. Mi gabinete estaba en horas bajas y algo como aquello podría darme la publicidad que necesitaba.

La noche que Carlos llamó estaba siendo bastante intensa, con historias de esas que emocionarían a cualquiera con un mínimo de sensibilidad. Pero yo permanecía impasible, como de costumbre, manteniendo las distancias asépticas. Es mejor no empatizar si no quieres que esta profesión acabe pasándote factura. Hasta que oí su voz. Aquel "hola" irrumpió en el estudio poniendo en alerta mis sentidos. Era una voz distinta, de tono serio y algo inseguro. Cortante en sus respuestas, pero desesperado por desahogarse contando aquello que le quemaba por dentro.

Poco a poco, fue bajando la guardia mientras desgranaba su historia. Una historia de desamor, de frustración, de engaños. Una historia en la que él había dado todo pero no había recibido prácticamente nada.

Me conmovió su manera de exponer aquello que tanto le había marcado. Sin miedo, de forma sincera y liberadora, derramando ternura y, en el fondo, buscando un mínimo de comprensión. Esa que, quizá, no lograba encontrar en aquellos que tenía alrededor.

No era lógica mi reacción ante aquella voz. Me bebía sus palabras, escuchándole con una atención que, incluso a mí, me sorprendió.

Durante varios minutos, permanecí callada escuchando sin interrumpirle. Atenta a su voz grave y serena pero, a su vez, dulce y tierna, que iba deshilando una historia que, por primera vez desde hacía mucho tiempo, logró conmoverme. Empaticé de una manera irracional, teniendo en cuenta que yo siempre me jactaba de decir que, en esta profesión, había que poner barreras para no implicarse. Al fin y al cabo, mi trabajo consiste en eso, en ser una mera espectadora de lo que se me cuenta para, de esa forma, poder ayudar desde fuera y, por supuesto también, para salvaguardarme. Ésta es la única manera de no acabar quemado en este negocio.

Permanecí con los ojos cerrados mientras le escuchaba. Imaginaba cómo sería aquel hombre que me hablaba con tanta sinceridad, desnudando su alma de una manera desgarradora, sin llegar a perder la compostura, pero demostrando cómo todo aquello había hecho mella en su vida.

Es cierto, olvidé la principal de mis normas, sucumbiendo ante su situación. Me metí tanto en su dolor que incluso a mí me dolía.

Algo me empujó a querer ayudarle de verdad, sin zanjarlo con un puñado de palabras vacías. No quería despacharle como a los demás, con cuatro frases prefabricadas y, sin darle opción de réplica, pasar al siguiente. Me propuse firmemente ayudarle a salir adelante, por lo que, por vía interna, le pedí que llamara al gabinete en cuanto le fuera posible.

Esperé varios días su llamada. Necesitaba oírle otra vez y no conseguía encontrar una explicación racional a eso que me estaba pasando.

Una mañana, por fin, su voz al otro lado del teléfono. Esta vez estábamos solos. Hablaba solo para mí. Solo conmigo.

Charlamos durante horas, ordenando todo aquello que le preocupaba, todo aquello que le estaba atenazando impidiéndole avanzar. No es la mejor manera de hacer terapia —a través de un teléfono—, pero Carlos no vivía en Madrid, lo que hacía imposible que pudiera acudir a mi consulta como otro paciente más. Aunque yo nunca le consideré un paciente más.

Los días fueron pasando y las llamadas se hicieron cada vez más asiduas, llegando a necesitar hablar a diario. Y no considero que fuera él quien lo necesitara. Era yo la que, cada vez más, necesitaba oírle, hablando de lo que fuera, pero conmigo.

Conseguimos desenmarañar aquello que tanto daño le había hecho y otros muchos traumas acumulados en su maleta. Poco a poco, fui descubriendo a Carlos, dándome cuenta de que era un ser con una sensibilidad especial, alguien al que se le coge cariño casi sin darte cuenta. Una de esas pocas personas que, cuando consigues encontrarla, tienes claro que no la quieres perder.

Entonces cometí un nuevo error: convertir en necesidad el escuchar su voz, el estar con él. Ya no hablábamos solo de sus problemas, de sus miedos, de su vida. También comenzamos a hablar de los míos, mis inquietudes, mis fantasmas encerrados en armarios desde hacía años.

Comencé a sentir cosas, algo que se desbordaba cada vez que oía su "hola" al otro lado del teléfono. Sensaciones con tanta intensidad que arrasaron con todos los razonamientos lógicos que regían mi vida. Y me dejé llevar por ellas, sin pensar en nada más.

Carlos, poco a poco, fue superando los miedos que le empujaron a llamar aquella noche al programa. Comenzó a abrirse a otras personas. Sus llamadas se fueron espaciando en el tiempo. Y el ansia por escucharle monopolizó mis días. Siempre pendiente del teléfono, enganchada a una voz, a lo que despertaba en mí y que yo ya daba por muerto.

Inició una relación con una mujer, a todas luces excepcional, pero por la que yo sentía un odio irrefrenable. Unos celos exacerbados me devoraban por dentro.

En poco tiempo dejó de llamar. Ya no me necesitaba. Había conseguido liberarse de las cadenas que le impedían avanzar. Y fui yo la que quedé anclada a una voz, enganchada a las sensaciones que me provocaba. Atada a él.

El tiempo pasa, lento, muy lento, y procuro ir olvidando. Aunque todavía recuerdo su inconfundible "hola" y esas largas conversaciones a oscuras en mi despacho, hablando de lo divino y lo humano, desnudando mi alma y remendando sus heridas. Heridas que, ahora, se han convertido en las mías.

Rosa

Dicen que «ojos que no ven, corazón que no siente», por eso Rosa se convirtió en la mejor de mis opciones. Los políticos debemos dar imagen de familia modélica y tradicional. Ya se sabe: casados y con hijos. Estaba seguro de que Rosa cumpliría con creces lo que se esperaba de ella. Su ceguera me hacía ganar puntos como persona, haciéndome quedar como un hombre entregado y tierno de cara al público, y dejándome vía libre en ámbitos más mundanos y placenteros.

El día que nos conocimos, Rosa tropezó conmigo por culpa de mis prisas y a punto estuvo de caer al suelo. La guié del brazo para cruzar la inmensa avenida y acabamos tomando café en una terraza cercana. Una vez me confesó que me quiso desde el principio, desde que oyó mi voz disculpándome tiernamente. Es lo que tienen las voces, que engañan tanto como los ojos.

Yo también sentí algo por ella, aunque no estoy seguro de que fuera amor. Aun así, Rosa no podía tener queja, la mantenía y le daba todos los caprichos. No sé qué más podía querer.

Entre tanto, debía cuidarme de que no se descubrieran mis trapicheos, públicos y privados. A los votantes era fácil engañarles. Solo era cuestión de soltar un puñado de promesas vanas y, con un poco de suerte, llegar a cumplir una o dos antes de agotar la legislatura.

Con Rosa había que hilar más fino. Las marcas de maquillaje en los cuellos de mis camisas podían pasar inadvertidas. Pero, en cuestión de olores, yo tenía todas las de perder. Así que, tomé por costumbre llevar un botecito de mi perfume siempre encima. La mejor manera de disimular el perfume de otra era camuflándolo con el mío.

Solo hubo una vez en que me pudo la impaciencia y acabé por la calle de la mano de una joven en busca de un lugar tranquilo donde desbaratarla. En ese momento, estaba más preocupado de que una cámara indiscreta plasmara la escena, que de la posibilidad de toparme con mi mujer en esa misma acera.

He dicho tantas mentiras y he estado con tantas mujeres que ya he perdido la cuenta, pero siempre vuelvo con Rosa. Me da calma y todos la adoran. Luce bien colgada de mi brazo en las portadas de los periódicos. La verdad es que cumple a la perfección su papel y me ha dado dos críos sanísimos. Éramos un matrimonio feliz.

Se vivía bien instalado en esa sensación de libertad. No tenía límites, podía hacer lo que quisiera porque nunca debía rendirle cuentas a nadie. Rosa confiaba plenamente en mí y los ciudadanos también.

Todo era perfecto, hasta que se destapó aquel maldito escándalo. Mi secretaria, a la que solía meter mano durante los viajes de trabajo, acabó descubriendo que también disfrutaba metiéndole mano a la caja común. Me costó, pero pude tapar algunas bocas con los fajos de billetes que había ido acumulando y mi lío con la secretaria no salió a la luz.

Pero mi vida política estaba acabada. Solo me quedaba mi familia, mis hijos y Rosa, que siempre había confiado en mí, aislada, al margen de mis trapicheos y mis malos vicios.

A la fuerza, me volví más casero. Ya no había viajes de negocios, ni reuniones hasta altas horas. Los del partido me expulsaron rápidamente de entre sus filas, por miedo a que la gangrena pudiera extenderse.

Una tarde, Rosa estaba a mi lado disfrutando de su enésima taza de café. Callada. Tan guapa. Alargué la mano y le rocé, cariñoso, la mejilla. Por un segundo, dejó su taza, apartó mi mano y dijo:

—Es una pena que te hayan echado del partido. Me gustaba tu secretaria, tenía un perfume delicioso. De todas con las que me has engañado, ésta tenía algo de buen gusto y mucha mano, como yo. Ha sabido sacarte hasta los hígados y salir ilesa. Fantástico.

Y sin poder apreciar la cara de sorpresa que se me quedó, cogió nuevamente la taza y continuó tomando su café.

Lola

Llevo tanto tiempo en paro que se podría decir que mi trabajo consiste en buscar trabajo. Al principio me descartaban de las ofertas por no estar suficientemente cualificada. Ahora es por lo contrario: «Demasiada preparación para el puesto que ofrecemos». Y después, si les pesan los remordimientos, añaden: «Con este currículum no tendrá problemas para encontrar algo mejor». Y yo siempre me quedo con ganas de contestarles: «Claro, yo es que no trabajo porque estoy esperando algo mejor», pero al final acabo mordiéndome la lengua y saliendo de allí con la mayor dignidad posible.

La casa está vacía. Joaquín arrasó con todo cuando decidió marcharse. Bueno no, según él, solo se llevó sus cosas. A mí me dejó la cocina, la plancha y la cama. Lógico, en los últimos dos años es para lo único para lo que he servido: cocinar, planchar y...

Mis amigas hace tiempo que procuran no llamarme. Normal, estoy en plena fase de autocompasión: etapa en la que no soportas a nadie y te pasas el día quejándote de lo asquerosa que es tu vida.

Y yo me pregunto: ¿para qué seguir aquí? Con lo que Joaquín me pasa apenas tengo para pagar el alquiler y el paro se me acabó hace meses.

Sin dinero, sin amigos, sin trabajo y sin ganas. Creo que cumplo todos los requisitos para quitarme de en medio.

Cogeré los últimos veinte euros que me quedan y haré una visita a la farmacia. Seguro que tienen algo fuerte para terminar con esta situación de raíz. Las recetas son fáciles de conseguir. Nada más sencillo que hacer una visita al médico y contarle lo estresada que me encuentro y, sin más, tranquilizantes por un tubo, nunca mejor dicho. Así funcionan las cosas en este país, no se molestan en buscar más allá. Nos dan cualquier cosa con tal de que no les demos guerra.

Con mis recetas y mis veinte euros, bajo arrastrándome a la farmacia que, por suerte para mí, no cae muy lejos de mi casa, una urbanización que colecciona intentos de nuevos ricos, ahora venidos a menos con esto de la crisis.

Hace una mañana asquerosamente soleada. En estos días sin salir de casa, la primavera ha decidido instalarse entre nosotros. El jardinero está retocando los rosales. Tendré que saludarle y, sinceramente, no me apetece fingir una sonrisa acompañada de retazos de anodina conversación.

Me ha visto. No tengo escapatoria. Me saluda con la mano haciendo aspavientos para que me acerque. Ya sí que no me libro de las cuatro frases vacías de rigor.

Mientras me acerco, el jardinero, un hombre prejubilado que adora estos trajines esporádicos, corta una rosa blanca hinchada de primavera que puedo oler, incluso, desde aquí. Con una amplia sonrisa desdentada, me la ofrece. Está tan emocionado que me va a ser imposible decirle que no.

—Mírala, hija. Está en plenitud, como tú.

Cojo la rosa y le agradezco su mentira con una repulsiva sonrisa, ensayada durante años de trabajo cara al público. Me da unas palmaditas en la espalda y vuelve a su tarea canturreando feliz.

El olor de la rosa lo inunda todo. Pienso que sería mejor

llevarla a casa y meterla en agua. Había olvidado que adoro el olor de las rosas frescas. Quizá esto camufle el olor a vacío que se ha instalado en mi piso. La inercia es un reflejo absurdo que me hace acabar contagiada por el canturreo del jardinero.

Vuelvo a casa rápido. No es bueno que la rosa esté sin agua. Al salir del ascensor, oigo mi teléfono escandaloso en el taquillón de la entrada. Pero, cuando consigo abrir la puerta, ya ha saltado el contestador. No tengo prisa, seguro que es otro tipo de recursos humanos para decirme que no.

Lleno un jarroncito de cristal, que nos regaló mi madre cuando nos vinimos a vivir aquí, y coloco con cuidado la rosa de carnosos pétalos blancos. Le busco un buen sitio, en el taquillón inmenso de la entrada, junto al teléfono, así de paso miro a ver quién me ha llamado para terminar de amargarme el día. «Dos mensajes. Vaya...»

Escucho el primero.

«Le llamamos de la empresa Cormec. Hemos recibido su currículum y disponemos de una vacante que encaja con sus características. Por favor, póngase en contacto con...».

Ni siquiera recuerdo a qué se dedica esta empresa, pero da igual. ¡Quieren que me ponga en contacto con ellos! ¡Yo! Por fin una oportunidad.

Mi contestador prosigue con los mensajes guardados.

«Soy... Soy Daniel. Am... Bueno, he venido a Madrid por negocios y... Me han dicho que las cosas no van bien... Que Joaquín... ¡Dios, odio hablar con estos chismes! Silvia da una cena en su casa esta noche. Podrías venir... Si quieres. Y nos vemos... Si quieres...

Yo quiero verte. Espero que no te lo pienses y acabes viniendo. Hasta luego».

La casa huele a rosa en plenitud. Cuelgo el teléfono y levanto las persianas para que entre un poco de luz. Canturreo por inercia por el pasillo pensando en qué me voy a poner esta noche.

Marina

Nunca tuvo nada, a veces, ni tan si quiera dignidad. Era capaz de perdonarlo todo por la vana promesa de ser querida. Jamás había conocido a alguien como Marina. Responsable, perfeccionista. Tan obsesionada por conseguir el cariño de los demás que se olvidó de quererse a sí misma.

Todos acabábamos aprovechándonos de ella, consciente o inconscientemente. En la universidad, los apuntes de Marina surtían a la mitad de la clase. Y, a cambio de un par de cañas, era capaz de darte las respuestas del examen, a pesar de que con ello pusiera en peligro sus propios resultados, excelentes como era de esperar en alguien tan perfeccionista.

También las amigas sabían sacar partido de su buen carácter. La invitaban a las fiestas de cumpleaños, ese era su premio. A cambio —y casi voluntariamente—, ella debía encargarse de buscar el regalo perfecto y pagarlo, adelantando el dinero y recuperando la mitad, en el mejor de los casos.

En cuestión de chicos, tampoco había mucha diferencia. Todos sabían lo que tenían que decirle para conseguir un revolcón furtivo en el asiento trasero de su coche. Un par de ellos llegaron a sacarle los hígados, exprimiendo su cartera y su corazón.

No se puede decir que hubiera tenido suerte, pero Marina era feliz. Se sentía querida aunque, a veces, tuviera que pagar un alto precio por ello. Los demás fuimos progresando a base de pisar cabezas, entre ellas la de Marina. Mientras, ella, siguió estancada, ayudando a todos pero sin ayudarse a si misma. Tenía su propia teoría. Pensaba que cuando uno da lo bueno que tiene, acaba recibiendo lo que merece.

La semana pasada me crucé con ella. Llevaba un pañuelo cubriéndole la cabeza y algunas arrugas cruzaban su cara huesuda, antes redonda y sonrosada. La reconocí por su enorme sonrisa, esa que nunca ha perdido. Me dijo que un cáncer le estaba devorando por dentro; que, según los cálculos del médico, hacía meses que debía estar muerta; y que, a pesar de que hay momentos en los que el dolor se hace insoportable, es feliz. Feliz. Tiene un marido fantástico que la quiere como el primer día, unos hijos estupendos que no la dejan ni a sol ni a sombra y todos aquellos amigos a los que una vez ayudó, ahora que realmente le hacían falta, se estaban volcando con ella.

—¿Lo ves? Al final lo bueno que damos nos acaba regresando a las manos.

Gloria

—¿Qué piensas?

—Cosas...

—¿De mí?

—Sí.

—¿Y qué piensas de mí?

—Pienso en los besos que no se olvidan. En tu voz la primera vez que me dijiste "hola". En tus dedos enredados en los míos paseando por las calles de Sevilla.

—¿Todavía te acuerdas?

—Claro. Me acuerdo de todo. De tus gestos al andar, de tu olor recién salido de la ducha, de la tarde en que cogiste el coche, aunque llovía a mares, y cuando la policía me llamó para decirme que estabas muerto...

—Pero ahora estoy contigo.

—No... Sí... Supongo que sí...Pero por tu culpa hemos acabado aquí, sin poder salir, sin que nadie nos venga a visitar. Yo quiero volver a las calles, a pasear entre la gente, a sentir la hierba mojada y el sol del mar en mi cara.

—Pero estamos juntos, Gloria. ¿No quieres estar conmigo?

—Sí, claro que quiero estar contigo... aunque tenga que ser aquí. Te perdí una vez, no quiero volver a perderte.

—Eso no pasará, nunca te dejaré sola. Nunca.

Gloria se sonríe asomada a la ventana enrejada del

sanatorio donde la han recluido. Fuera, un inmenso campo amarillento y, a lo lejos, las puntas afiladas de los edificios de la ciudad.

—Nos mantienen aislados para que nuestra locura no pueda contagiarlos. —En sus ojos parece verse la chispa de la lucidez—. Lo que no saben es que ellos también están locos.

Una tremenda risotada resuena en la habitación vacía y Gloria continúa hablando con alguien que solo ella ve.

Elisa

El trabajo era algo importante en la vida de Elisa. Y aquel nuevo proyecto se convirtió en una obsesión y un reto para ella. No sería otro dato más que añadir a su currículum, debía ser el despegue que siempre había buscado.

Trabajaba, mano a mano, con su jefe: un hombre carismático que siempre la había tratado con respeto y cordialidad. Pero la empresa, sin explicaciones, decidió relevarle de su cargo y colocar en su puesto a un tipo que a Elisa no le inspiraba ninguna confianza.

Su nuevo jefe comenzó a alargar las jornadas de trabajo. Las reuniones en la oficina hasta bien entrada la noche se hicieron de lo más habitual.

Elisa no se sentía cómoda cuando se quedaban a solas. Una sensación de inseguridad le mantenía alerta, más pendiente de las manos de Luis que del proyecto al que tanto esfuerzo había dedicado.

Él siempre buscaba alguna excusa para sentarse muy cerca, para rozarla fingiendo casualidad. Pero, esa noche, estaba decidido a conseguir lo que tanto tiempo llevaba deseando. Junto a ella, en la sala de reuniones, comenzó a mirarla fijamente, provocando que se sintiera más que intimidada. Pero, ante todo, estaba su profesionalidad y Elisa mantuvo el tipo como pudo durante la incómoda reunión.

Luis murmuraba algunas palabras ininteligibles, apenas susurros, cada vez más cerca del cuello de Elisa. Cuando sintió una mano deslizándose por su pierna, no pudo soportarlo más, y con un gesto brusco se levantó de la mesa, dando la reunión por terminada.

Nerviosa y desconcertada, salió de la oficina, mientras su jefe seguía tranquilo, sentado en la interminable mesa, mirando atento cómo desaparecía tras las puertas del ascensor. Luis sonreía satisfecho, orgulloso de haberla puesto tan nerviosa apenas con un roce.

Elisa llegó a casa, inquieta, asustada. Asqueada. Pero no le comentó nada a Marcos, que daba los últimos retoques a unos planos en el pequeño despacho del piso de arriba.

Sabía lo que debía hacer. Mañana hablaría con su jefe, le dejaría las cosas bien claras. Sin darle opciones. Hablaría con sus superiores, con quien fuera necesario, cualquier cosa antes que tener que volver a trabajar con él. No iba a consentir que aquello se volviera a repetir. ¿Por quién la había tomado?

Buscó tranquilizarse. Se abrazó a Marcos y se sintió protegida, a salvo.

A la mañana siguiente, Elisa fue directa a su despacho. Se sobresaltó al encontrarse a Luis esperándola dentro. Sentado en su silla, dejando en su sitio la foto de Marcos. Despacio, entrelazó las manos, la miró fijamente, desafiante. Elisa no pudo soportarlo y acabó por bajar la cabeza. Mirando al suelo, comenzó a explicarle que lo de la noche anterior no podía repetirse, no tenía derecho a tocarla y ella no se lo iba a consentir, que hablaría con quien fuera necesario, que...

Su jefe se levantó dando un golpe seco en la mesa, indignado, y se acercó a ella cogiéndola con fuerza del brazo. La zarandeó, provocando que levantara la cara para mirarle.

—O cedes y conservas el trabajo, o mejor vete recogiendo las cosas porque aquí no tienes nada que hacer, guapa.

Elisa consiguió zafarse y salió del despacho decidida a marcharse. ¿Quién se había creído que era? ¿Humillarse y ceder a las perversiones de un degenerado solo para conservar el empleo? Marcos la apoyaría, seguro. Saldrían adelante.

Luis salió tras ella, alcanzándola justo cuando las puertas del ascensor se abrían. De un empujón la metió dentro y el ascensor comenzó a descender.

Mientras él la intentaba manosear, Elisa a duras penas conseguía sujetarle las manos. Luis repetía una y otra vez que acabaría cediendo, que le necesitaba, que él podría ayudarla si le sabía corresponder. Cuando se abrieron las puertas en el garaje, Elisa salió huyendo de allí, con la blusa desbocada y aguantándose las lágrimas. Ningún trabajo merece la pena si debía rebajarse hasta ese punto.

No sería fácil encontrar trabajo y aquel proyecto había sido su vida durante dos años. También sabía que con el sueldo de Marcos apenas les daría para pagar la hipoteca. Además, era su palabra contra la de Luis... Las ideas explotaban en su cabeza desmontando todos sus esquemas.

Por fin en casa. Marcos estaba sentado en el sofá, con las manos sobre la cara, a oscuras. Le habían despedido, la empresa había quebrado y ahora todo dependía de ella. Estaba derrotado por haber perdido su trabajo, pero sabía que Elisa podría mantenerlos a los dos.

A Elisa se le vino el mundo encima. Ahora no podía contarle lo sucedido. Las ideas volvieron a centrifugar en su cabeza. Lo que debía hacer, lo que tenía que hacer, lo que nunca haría...

A la mañana siguiente, Elisa se vistió con un traje de

chaqueta azul y falda beige. Caminaba decidida y con el gesto sereno. Abrió la puerta del despacho y ahí estaba su jefe, sentado, con las manos entrelazadas, mirándola fijamente.

Elisa entró, quedándose de pie en medio de la sala, solo que esta vez no bajó la cabeza, desafiante. Decidida con lo que iba a hacer. Su jefe se levantó y cerró la puerta. Se acercó a ella por detrás y la quitó lentamente la chaqueta.

Alex

El despertador, implacable, le tira de la cama. Hubiera preferido quedarse con ella un par de horas más, acurrucado entre las sábanas. Está convencido de que acabará llegando tarde a la reunión. Maldito tráfico en hora punta. Es lo que tiene vivir a las afueras de la gran ciudad: una inmensa casa con jardín, pero ni siquiera ha amanecido y ya tiene que levantarse. Por un segundo, se ve tentado de encender la luz de la mesilla. Pero piensa en ella, que duerme plácidamente, y decide no hacerlo, para no despertarla. A tientas, camina por la habitación hasta toparse con el armario de lunas. Descorre despacio una de las puertas, intentando aplacar en lo posible el chirriante sonido. El olor a naftalina inunda con rapidez la habitación. Toquetea las perchas en busca de algo apropiado que ponerse. La reunión de esta mañana es muy importante. Se juega mucho ahora que las riendas han cambiado de manos.

Su asistenta es muy metódica y siempre le cuelga los trajes en la parte derecha del armario. Toqueteando el cuello y las solapas, intenta distinguir unos de otros. «Qué más dará», piensa, «todos mis trajes son grises. Más claros, más oscuros, pero grises al fin y al cabo». Descuelga uno cualquiera y comprueba que la percha trae chaqueta y pantalón. Con ese color, cualquier camisa le irá bien. No pierde el tiempo y coge la primera que encuentra.

Decide no llevar corbata esta vez, por no seguir buscando a oscuras. No es fácil cuadrar colores al tacto. Seguro que esta falta de protocolo al vestir irritará a sus jefes. Claro que, de todas formas, ya se buscarían otra excusa para acabar echándole la bronca. Mejor ponérselo fácil esta vez.

Vestido ya con camisa y pantalón, repasa con ambas manos los posibles fallos que pudiera haber: botones, cuellos, cremallera. Todo parece en orden.

Se calza los zapatos sin poner cuidado y acaba doblando el contrafuerte del talón. Eso es algo que a ella le saca de quicio. Por suerte, sigue dormida, agotada después de la intensa noche. Le oye respirar. Puede notar el ligero olor de su perfume, lo que le recuerda que aún no se ha echado del suyo.

Arrastra la mano por la cómoda y a punto está de volcar el frasquito por culpa de las prisas. Mientras empapa sus manos de colonia, piensa que no saldrá bien parado de esa reunión. Al final, serán sus jefes los que tengan la última palabra. Poco le importa mientras sigan pagando su abultada nómina a fin de mes.

Respira profundamente y se pone la chaqueta, resignado. Al abrochársela, se percata de que olvida su cinturón. Vuelve a la cama y rebusca entre las sábanas hasta dar con el cuerpo de ella. Recorre los hombros, los brazos, las muñecas a la espalda y su cinturón, atado con fuerza. Lo desata y lo desliza suavemente. Ese sonido eriza su curiosidad y no puede reprimir las ganas de encender la luz.

La pequeña lámpara de mesa ilumina la escena. Ella, tumbada boca abajo, con las manos aún a la espalda y unas marcas rojizas en las muñecas que denotan que las ataduras se han prolongado demasiado en el tiempo. Él sonríe, satisfecho. «Al menos, en nuestro juego, sigo llevando las riendas».

Javier

*E*stoy tumbado en lo que parece mi cama, en mitad de una habitación circular de paredes metálicas. Vienes a buscarme y me llevas de la mano a través de un pasillo infinito, con espejos a ambos lados. La hierba rosa está húmeda y moja mis pies descalzos. Nos miramos en el primero de los espejos. Somos tú y yo, jóvenes, cargados de libros en los pasillos de la Facultad. Dices algo en mi oído, pero no consigo entenderte. Tiras de mi brazo y continuamos avanzando por el interminable pasillo azul. Nos asomamos a otro espejo. Veo jugar a nuestros hijos y ya no es un espejo, sino el enorme ventanal de nuestra casa en la montaña. Los niños vuelan una cometa con forma de pájaro amarillo. La cometa se eleva con los niños colgando de ella, hasta que desaparecen entre las nubes. Les oigo reír pero ya no les veo. Del techo se desprenden pequeños cristales de colores. Titilan hasta deshacerse cual copos sobre la hierba, ahora, naranja. Tú me empujas hasta el último de los espejos, grande, descomunal. Nos veo de cuerpo entero, dados de la mano. Estás preciosa de blanco. Yo, con mi característico traje gris. Tú sonríes. Yo, serio. Una suave brisa mueve tu vestido ligero y agita mi corbata azulada. Sin más, me voy deteriorando ante el espejo. Me consumo rápidamente hasta acabar siendo una *calavera con traje gris. Me convierto en polvo y caigo al suelo. El viento sopla ligero y me esparce por la hierba ocre del pasillo. Mientras, suenan suavemente campanitas a lo lejos...*

Siento un profundo desasosiego al tiempo que me despierto. Soy consciente de que aún sigo aquí, vivo. Alargo la mano buscando el interruptor de la lamparita de mi mesilla. Continúo con los ojos cerrados, pero puedo notar la leve luz de la bombilla y eso me calma.

Sigo aquí, al menos por un día más. Te busco a mi lado, en nuestra cama. Duermes tranquila, acurrucada al borde del colchón. Tan serena, vestida solo con la sábana escrupulosamente blanca. Voy a echar de menos despertarme a tu lado. Esto solo es una prórroga, insoportable por momentos, que consigo mitigar cebándome de pastillas de mil colores.

Con dificultad, consigo incorporarme y veo mi reflejo en el espejo de tu tocador. Mi aspecto es demacrado. No sé cuánto tiempo más podré ocultarlo. Tampoco sé bien de cuánto tiempo más dispongo. Según el médico, ya debería estar muerto.

No soporto el reflejo que tu espejo me devuelve. La luz tenue de la mesilla acentúa mis pómulos huesudos, los ojos hundidos, mi palidez. Apago la luz y la oscuridad inunda el espacio. Vuelvo a sentir ese dolor punzante que me retuerce desde lo más profundo. Busco en el cajón de mi mesilla el frasquito de pastillas que escondo entre mis calcetines. Creo que con dos será suficiente por el momento...

Ya en pie, abro la puerta del armario, no recordaba que pesara tanto. Busco entre las ruidosas perchas. Da igual lo que escoja, todos mis trajes son grises. El tacto frío de la camisa cayendo sobre mi cuerpo me estremece. Y la corbata hoy aprieta hasta cortarme el aire. Necesito irme ya de aquí. Termino de *mal vestirme*, a oscuras, para salir huyendo de nuestro dormitorio. Mis pasos se pierden en la interminable alfombra ocre del pasillo. Antes de salir de casa, un último y obligado vistazo en el espejo del recibidor. Me faltan por abrochar un par de botones de la camisa. Aflojo un poco la corbata de rayas azules. Y me quedo parado por un segundo mirándome en el inmenso espejo. Mi aspecto es horrible, un muerto intentando parecer vivo. Me horroriza lo que veo, una calavera con traje gris. Tengo la sensación de haberlo vivido. Abro la puerta y se golpean las campanitas que cuelgan del techo, mientras un ligero viento agita mi corbata azulada.

Raquel

Nos amordaza limitando nuestra voluntad, atenazando nuestros movimientos, influyendo en nuestra consciencia e inconsciencia, marcando siempre lo que debemos hacer, sujetos por simulacros de moral. Ese es el pudor: quien nos obliga a sentir, a pensar, a tocar a su manera. Manteniéndonos a salvo de los más bajos instintos, del ansia de placer. Cuando te conocí, mi pudor venía conmigo, vigilante. Sujetaba mis manos, tapaba mi boca, cubría mis ojos para no dejarte ver mi deseo, aquello que en verdad quería hacer y que me hicieras.

La coraza invisible que mi pudor había creado me mantenía a salvo de ti, de los intentos de caricias bajo la mesa, de las palabras lascivas que susurrabas cerca de mi oído buscando provocarme.

A esas alturas, ya estarías cansado y a punto de rendirte. Pensaba mucho en aquello, en por qué no era capaz de despojarme de mi maldito pudor y salir corriendo a buscarte, olvidando lo aprendido y deseando que me enseñaras a ser perfecta para ti, sin preocuparme del antes ni asustarme de lo que viniera después.

Tomé una decisión. Esa noche dejé a mi pudor aletargado en el sofá y salí a buscarte. El alcohol y las ganas de sentirte dentro de mí hicieron el resto.

Despojada de la vergüenza y llevando apenas un vestido

de tirantes, acabé en tu casa. Dimos rienda suelta a mis más bajos instintos acumulados durante tanto tiempo, derramándome gota a gota como siempre había querido hacer contigo, como tú merecías.

Saboreaba el momento y a ti, disfrutándote, intentando cumplir con lo que me pedías, con lo que esperabas de mí. Nadie se te había entregado así, alcanzando ese punto desvergonzado, irracional. Me estremecía arrebatada por el ansia y las ganas de mostrarte lo obediente que podía llegar a ser para ti.

Me gustó experimentar contigo, olvidando la culpa. Llegar a traspasar mis propios límites y, después, dejarme morir en ti para comenzar de nuevo sin habernos recuperado. Sintiendo el tacto de tus manos diestras sobre mi cuerpo ingenuo. Rompiendo tabúes, haciéndolos reventar contra el suelo, donde también acabamos tú y yo, gimiendo y sudando.

Solos, sin el deber de guardar las formas, sin tener que hacer lo correcto. Hicimos aquello que nos apetecía. Sucio y violento a los ojos de los demás, pero no para nosotros. Era nuestro, salvaje y nuestro.

Tras la tormenta, tumbada a tu lado, te miraba. Dormías tranquilo, recuperándote de nuestros excesos.

Me deslicé a la ducha purificante, borrando la sal que me habías dejado en el cuerpo. Las marcas de tus mordiscos me recordarían de quién era el resto del día.

Debía irme ya, pero estaba convencida que en tu piel había quedado mi sabor y mi desvergüenza, todo lo aprendido contigo y para ti.

En el espejo del ascensor, me encuentro cara a cara con mi pudor, rabioso por mi huida. Me cubre de nuevo, enfurecido. Me aprisiona, castiga mis actos con golpes de culpa y desasosiego.

Me grita, me tortura mientras camino por la calle. Siento

que todos me miran, conocedores de lo que he sido capaz de hacer contigo. Todos saben lo que ha pasado y me miran inquisitivos, juzgando mi placer, nuestras perversiones. Cuchichean sobre mí y mi desvergüenza. El pudor me expone ante todos, me exhibe, demostrándome lo sucio de mis actos, impúdicos y viciosos. Prohibidos. Y, quizás en el fondo, envidiados por muchos de los que ahora me miran al pasar. Tantas voces me atormentan reprochando mi conducta. No soporto sus gritos histéricos. Las voces giran a mi alrededor, atacándome desde todos los flancos, abalanzándose sobre mí haciendo que la culpa me consuma. Las pido que callen, pero no me escuchan. Ignoran mis gritos, mis ruegos. Un sonido persiste, a mi espalda, cada vez más cerca, cada vez más fuerte. Y yo solo quiero que todos callen por fin. Al girarme, las luces de un coche me deslumbran. Después, solo un golpe seco y ya no hay sonido, ni voces, ni culpa. Nada. Ahora solo me observan impotentes, pues mi cuerpo se queda pero yo ya me he ido.

David

A veces, las relaciones llegan a un punto de no retorno. Ese momento en que uno debe sincerarse y soltar la verdad que lleva dentro. De qué sirve vivir engañado, aferrándose a una mentira si, al final, lo único que tendremos será un puñado de años acumulados al lado de alguien que se ha convertido en un desconocido.

Te tengo delante, desnuda y cansada por el esfuerzo del sexo. Me miras. Esperas la respuesta a tu pregunta, ansiosa. Yo sé cuál es la verdadera respuesta. Sé a quién quiero. Hace mucho tiempo que tengo claro lo que siento por ella: un amor inmenso que jamás podría sentir por ti.

Veo la impaciencia asomar a tus ojos. Mi silencio te incomoda. Te confunde. Lo rompes repitiendo esa impertinente pregunta.

—David, ¿me quieres?

Ahora o nunca. Debo ser sincero contigo, pero sobre todo conmigo. Seamos realistas, lo nuestro hace mucho tiempo que dejó de ser amor. Necesito decirlo y comenzar de cero, con ella y lejos de ti.

Me rodeas con tus brazos, mimosa, agobiante, apremiando mi respuesta.

—Di, ¿me quieres?

Lo tengo decidido. Voy a decírtelo. Te miro a los ojos y... echo a temblar. Siento cómo mis intenciones deciden huir como vulgares cobardes.

—Claro que te quiero.

Juan

Le gusta pasear por la playa, de noche, descalzo, mojándose los pies con las olas que, cansadas, llegan a la playa de aquel pueblito donde siempre ha veraneado. Veinte años paseando por la misma playa con la esperanza de volver a encontrarse con ella. Lo recuerda como si fuera ayer...

Una joven distraída, de pelo largo y rizado, jugaba en la orilla salpicándolo todo. Sujetándose el vestido con una mano y llevando las sandalias en la otra. Delicada y divertida, revoloteaba por la orilla sin darse cuenta de que Juan la estaba observando, en silencio, esbozando una amplia sonrisa.

Andrea acababa de llegar al pueblo, por casualidad. Había decidido recorrer el país, ese verano, antes de empezar la universidad. Sola, con su coche de segunda mano, algo de dinero y cuatro cosas más en una maleta.

De inmediato, congeniaron y pasaron la tarde paseando, riendo, salpicándose con el agua, compartiendo confidencias y helados. Parecía que se conociesen de toda la vida. Con esa sensación de complicidad de cuando uno está a gusto con otro, de cuando el paso de las horas pierde su importancia.

Cuando el sol estaba a punto de desaparecer, Andrea y Juan ya iban de la mano, entrelazando los dedos, dejando que el viento moviera sus ropas y que la sal impregnara sus cuerpos.

Con la noche llegó la calma. Sentados en una manta improvisada que Andrea sacó del maletero. Se tumbaron a esperar que salieran estrellas. Una luna grande colgaba del cielo.

Juan cerró los ojos por un momento. La caricia suave del pelo de Andrea rozó su mejilla y unos labios cálidos le besaron lentamente, recreándose, tiernos. No era solo un beso, era lo que con él se daba y se reclamaba. Algo más que dos bocas buscándose, ansiosas la una de la otra. Y las manos de Juan se perdieron bajo el vestido.

A los pocos días, ella se marchó prometiendo volver al verano siguiente...

Han pasado veinte años de aquello y aún la espera, paseando cabizbajo por la playa, con las manos en los bolsillos. Recuerda su voz, el tacto de su cuerpo, el sabor de aquellos labios.

Oye un chapoteo que se acerca y levanta la cabeza. Una mujer corre por la orilla sujetándose el vestido con una mano y llevando las sandalias en la otra.

—¿Andrea?

Gustavo

Todos guardamos parte de nuestros recuerdos de una u otra forma. Esas pequeñas cosas que no queremos perder ni compartir con nadie. Tesoros que son nuestros, solo nuestros, y que por eso deben estar con nosotros.

Cuando somos niños, los metemos en cajas de metal que después escondemos lejos de ojos curiosos. Y solo volveremos a abrirlas cuando queramos recordar algo o a alguien.

Pero los años pasan y, si uno es como yo, cada vez tienes más tesoros que guardar y esconder. Ya sabes, instantes sublimes que revivir una y otra vez. Cosas únicas que disfrutar solo, sin que otro pueda tocarlas. Y así pasé de tener una cochambrosa caja de metal enterrada en el jardín, a tener esta habitación secreta, cerrada con llave.

Es algo que siempre había deseado tener. Y lo vi muy claro el día que compré esta casa alejada de todo: vecinos impertinentes, ojos cotillas, gente que cree conocerme.

Ahora tengo una habitación repleta de estanterías, donde cada cosa tiene su sitio y hay un sitio para cada cosa. Como ves, aquí he ido almacenando los recuerdos de mi vida. No te creas, veinticinco años dan para mucho y más en mi caso, claro. Algunas cosas las he tenido que dejar por el camino, me ocupaban demasiado y ya no daban más que problemas. De otras, simplemente, me he querido desprender porque ya no me traían buenos recuerdos. Pero las importantes, como puedes ver, siguen aquí.

Este álbum de fotos lo logré rescatar el día que la casa de mis padres, accidentalmente, se incendió. Lo perdimos todo, menos esto.

Aquella bicicleta naranja era de mi hermana. Una tarde decidió salir a dar una vuelta con ella y ya no regresó. Mis padres solo encontraron la bicicleta.

Mira esta foto, ¿la recuerdas?: la niña que me besó por primera vez. Nunca he olvidado el sabor a piruleta de esos labios.

Y aquí, mi violín, mi odiado violín. Mi profesor me hacía tocar durante horas a solas para él. Y luego era él quien me tocaba a mí. Cuando lo conté en casa no me creyeron. Aún no sé por qué lo guardo.

Aquí tengo mi colección de discos. Auténticas joyas conseguidas a precio de saldo en el Rastro. Solo por las portadas ya merecen la pena. ¡Eso sí era arte!

Un poco más a la derecha, los apuntes de la universidad. Mi padre se empeñó en que estudiara psicología. Psicoanálisis. Demasiadas películas de Woody Allen, supongo. Ahora ya no recuerda nada: «un shock», dijeron los médicos, por encontrarse a madre desangrándose en la bañera. No, yo no lo creo. Quizá eso solo aceleró lo inevitable.

Como ves, todo tiene su sitio, su lugar. Todo lo que quiero está aquí, de alguna manera, en su esencia o en su plenitud, guardado en esta gran caja.

Este será tu sitio por el momento, hasta que aprendas a quererme. Entonces quizá te afloje un poco esta cadena que te está dejando una horrible marca sanguinolenta en el tobillo.

No me mires así. Si prometes no gritar, te soltaré la mordaza por un momento. Bien... Solo será un segundo, aún no puedo fiarme de ti. (Ella le mira horrorizada, acurrucada en un cochambroso colchón tirado en el suelo. Con las manos atadas a la espalda y unida a la pared con una gruesa cadena algo oxidada. El joven se agacha y aparta la mordaza. Acerca sus labios y la besa tiernamente). ¡Mmm...! Sigues sabiendo a piruleta, como la primera vez.

Ángel

Hubo un tiempo en que pensé que el amor traía "de serie" la inmunidad para decir todo aquello que se me pasara por la cabeza, sin pensar en las consecuencias que mis ataques de sinceridad podían tener en el destinatario de ese amor, llevándole incluso a salir huyendo de mi vida. Cuando le dije a Ángel que le quería, a pesar de que me doblaba en edad, esperaba que él sintiera lo mismo. Debería haber tenido más reflejos para comprender que aquellos detalles que solía tener conmigo no significaban nada para él. Solo eran parte de su personalidad, un donjuan patético atrapado en el cuerpo de un periodista mediocre de un dominical de tercera. Para Ángel, todo se reducía a una mera atracción física que se nos había ido de las manos. Deseo, de cama fundamentalmente.

Pero la edad es un grado y él tuvo más cabeza que yo marcándose un principio y un final. Quizá no calculó que aquello cobraría tanta fuerza. Tal vez me creyó más madura como para acabar enamorándome como una colegiala. Quizá nunca hubo nada que sentir.

Y es cierto eso que dicen de que el amor nos ciega, porque yo era incapaz de ver que no había ninguna llama que avivar. Y por mucho que hice, Ángel acabó marchándose sin dar demasiadas explicaciones.

Durante mucho tiempo esperé que volviera. Pensé que acabaría echándome de menos tanto como yo a él. Había desnudado tanto mi alma que, al marcharse, ya no tenía nada con que cubrirla.

Ángel había calado en mi vida poniéndola del revés. Los muros que durante años me había construido para protegerme no habían servido de nada y se esparcían hechos añicos por el suelo. Y yo sentía que jamás podría volver a ponerlos en pie.

Con el paso del tiempo, me he vuelto fría y distante. Es la mejor manera que he encontrado para conseguir pasar página. Reconstruí mi vida y el muro que me protegía. Recuperé mi independencia y me he dado cuenta de que no necesito a nadie para ser feliz, desterrando de una vez por todas el compromiso y la fidelidad como metas en mi vida.

Me siento bien sola, porque yo lo quiero, y acompañada, cuando yo lo decido. Ya no me duele, ya no soy esa niña inocente que se lo creía todo. Ahora soy yo la que juega con aquel que me interesa, apartando a quien se acerca demasiado creyéndose mi salvador. También desecho a los que intentan hacerme sentir especial. Y a los que vienen buscando un poco de calor imaginando que estoy desesperada por la necesidad. Yo decido cuándo y con quién, y soy yo la que les marca el principio y el final.

Hoy se me ha hecho tarde. Regreso a casa después de una cita con otro paria que, desesperado por atarme en corto, se va fundiendo la VISA con el fin de encontrar el camino que conduce a mi corazón. Al menos la cena me ha salido gratis.

El portero me ha dejado en la puerta del apartamento un puñado de cartas —la mayoría facturas— y un delicado jarrón de cristal con una docena de rosas típicamente rojas. La visión me provoca una mueca de fastidio y algo de curiosidad por la nota que cuelga de un fino lazo azulón que remata con creces la cursilada:

"Nunca he dejado de pensar en ti. Ángel"

Ángel... Algo en mi pecho se tensa, se rompe. El jarrón cac de mis manos, estallando en mil añicos que se desperdigan por el suelo.

Isabel

El constante pitido del despertador me devuelve a la realidad y, aunque en el fondo quiero lanzarlo por la ventana por despertarme en otro día infernal de trabajo, hago todo lo posible para enfrentarme con dignidad a esta nueva jornada.

Hoy no voy a consentir que me suceda lo mismo de ayer. Tantos años de estudio para conseguir plaza en este instituto, no voy a tirarlos por la borda por culpa de cuatro malcriados que intentan medir sus fuerzas diariamente conmigo.

Al principio no era así. Estaba orgullosa de mis chicos, de sus logros, del buen ambiente que se había conseguido en la clase y del alto nivel académico que estábamos consiguiendo a base de trabajo constante.

Pero el tiempo lo estropea todo y mis chicos fueron creciendo y cambiando. Aunque seguían siendo aplicados y buenos estudiantes, algunas de las manzanas de mi cesto se han ido pudriendo por culpa... no sé muy bien de qué.

Las clases se fueron convirtiendo en una batalla constante entre ellos y yo. Me sentía tan sola. No sabía qué hacer, intentando mantener mi autoridad pero sin el apoyo de nadie, si acaso alguno de mis alumnos pero poco más. La dirección, el claustro y sus propios padres se lavaron las manos, achacando el problema a que yo no era capaz de llevar la clase, a que quizá eso "no era lo mío".

¿No era lo mío? Diez años preparándome a conciencia, sacando adelante dos filologías, cientos de cursos, voluntariado,... Mi currículum era tan extenso como mis años de experiencia, pero ante esa situación lo aprendido no servía de nada. Me sentía atada de pies y manos mientras ellos campaban a sus anchas. Conocen bien sus derechos y son capaces de buscar cualquier resquicio para echarme en cara lo limitada que estoy. No puedo impartir disciplina porque frente a ella están sus derechos, sus exigencias y, hasta incluso, la protección de sus padres. Para ellos sus hijos son siempre buenos.

Y así pasaron los días, hasta ayer. No recuerdo bien qué fue lo que sucedió, pero en pocos minutos me rodeaban los cuatro de siempre, en el encerado. Estaban furiosos por algo que yo había mandado hacer minutos antes. No podía mostrar debilidad, estaba frente a la clase, pero tampoco excesiva brusquedad.

No sé bien qué sucedió, solo un repentino golpe y un intenso dolor de cabeza, poco más. Tendré una reunión a solas con ellos y dejaré las cosas claras. No voy a consentir esas salidas de tono en mi clase. Espero que ahora el claustro reaccione, que la dirección tome cartas en el asunto y que sus padres no miren para otro lado. Que entiendan que no debe pasar algo grave para tomar medidas.

Se me está haciendo molesto ya el pitido continuo de mi despertador, aún no he logrado apagarlo. Me recuerda a esas máquinas de los hospitales con ese característico sonido cadencioso y rítmico. Creo que estoy alargando la mano para cogerlo pero no consigo dar con él.

Abro lentamente los ojos y siento que no me puedo mover. Veo la cara desencajada de mi marido que, tembloroso, dice:

—Hola cielo, ya pensábamos que nunca despertarías...

Beatriz

No la quería, es cierto. Para mí solo era un entretenido juego de seducción. Cuanto más difíciles, más despiertan mis ganas de querer desmontarlas. El sexo no es la razón primordial por la que lo hago. Aunque, por supuesto, no voy a despreciar una buena ración de cama. Suelen ser muy generosas cuando creen que te has enamorado.

Beatriz es uno de los mejores ejemplares que se me han puesto a tiro. Tenía un atractivo natural, una sensualidad innata que conseguía atraparte. Tan discreta, tan callada. Perfecta. Con un toque de timidez e ingenuidad que la convertían en un delicioso bocado al alcance de muy pocos.

Trabajaba de camarera en el bar donde suelo parar después del trabajo. Con el pelo recogido y ligeramente maquillada, se podía intuir un bonito cuerpo bajo el uniforme. Lo que más me gustaba eran sus piernas, largas y torneadas, que cruzaba con picardía cuando se sentaba a descansar en uno de los taburetes de la barra.

Acabé enterándome de que estaba casada desde hacía años con una mala bestia que nunca supo tratarla. Solía engañarla con cualquiera, sobre todo con la bebida, cosa que no tardó en pasarle factura.

El hecho de que su marido fuera un miserable frenaba mis instintos de caza. Demasiado fácil conquistar a alguien con un tipo así al lado. Aburrido. No era para mí. Pero ese atractivo suyo, tan morboso... No pude contenerme y comencé con mi metódico ataque sin sopesar las consecuencias.

Recelosa, vivía con la guardia en alto para esquivar mis insinuaciones. Pero todo muro tiene sus grietas y las de Beatriz, aunque ocultas, ahí estaban. A través de la pintura me fui abriendo paso, despertando su curiosidad y consiguiendo que hablara conmigo. Van Gogh, un pintor loco que acabó pegándose un tiro, era su favorito. Tuve que memorizar la vida de este demente, pero conseguí sentarla en mi mesa.

Se bebía mis palabras en cada sobremesa mientras yo me lucía contando anécdotas de este loco. Realmente parecía que me apasionaba cuando, en el fondo, lo único que podía mirar era su escote que se arqueaba generoso al apoyarse sobre la mesa. Me fue difícil controlarme para no saltar sobre ella y besarla. Pero tuve paciencia y acabé encandilándola.

Un día, por fin, conseguí quedar con ella a la salida del trabajo. Estaba preciosa con ese vestido vaporoso —amarillo Van Gogh—, de finos tirantes que se pegaba al cuerpo ayudado por el viento cálido del bulevar.

Me interrogaba, ansiosa por saber más, mientras sus dedos jugueteaban con su pelo largo y pelirrojo. La brisa lo alborotaba, dándole un aire más infantil si cabe. Estaba adorable, mirándome con los ojos muy abiertos, sorprendidos por lo que decía. Y yo me sentí tan bien a su lado, alguien me estaba prestando atención, alguien consideraba que yo podía decir algo más que "sí, jefe".

No debí hacerlo, pero no pude resistirme cuando ella comenzó a morderse los labios, nerviosa. Me incliné y la besé, lentamente, sujetando su cara entre mis manos. Era deliciosa, derramándose para mí en un beso tan tierno que hasta yo mismo me sorprendí.

Un par de noches después nos acostamos, al fin. Aquello duró varios meses. Pero yo no soy de quedarme mucho tiempo quieto en la misma cama. Y, fiel a mi estilo, era momento de dejarla. ¿Por qué iba a ser diferente con ella? Tenía que cortar en seco todo aquello. Se estaba acercando demasiado y eso no era bueno..., para mí.

No recuerdo haber sido tan cruel y rastrero como aquella vez. Me presenté en el bar con otra, una de esas facilonas que se dejan meter mano sin preocuparles dónde puedan estar.

La cara de Beatriz cambió nada más vernos entrar. Se puso seria. Nunca la había visto así. Pero no dijo nada, ni el más mínimo reproche. Ni siquiera me pidió explicaciones cuando volvimos a coincidir a solas en el bar.

Sufrió un cambio espectacular; se volvió seria y aun más desconfiada, dejó de hablar y sonreír. Sus ojos entristecieron. Los míos también.

Un par de semanas después dejó de ir a trabajar. Nadie supo decirme dónde fue. Había desaparecido de mi vida. ¿Acaso no era eso lo que yo buscaba?

Se me quitaron las ganas de seguir con mis juegos. El arrepentimiento no deshace los errores ni me llena su vacío.

Acaban de contratar una nueva chica en el bar. Tiene unos preciosos ojos de gata y sabe mantener a raya a los que intentan ir de listos. Algo se ha despertado dentro de mí. Ella aún no lo sabe, pero está deseando conocerme. Es la mejor manera que tengo de mantener los remordimientos ocupados.

Eva

Durante mucho tiempo esperé a que volvieras. Días, semanas, pendiente por saber algo de ti. Hasta me hubiera conformado con un escueto mensaje en el buzón de voz explicándome qué pasaba, pero ni eso fuiste capaz de darme.

Después de un año juntos, dejaste de responder a mis llamadas, de repente, espaciando nuestras citas con excusas poco creíbles, hasta desaparecer por completo.

Mi última llamada sí obtuvo respuesta. Una voz de mujer me informó de que el número que marcaba tenía restringidas las llamadas entrantes. Y así, sin más, saliste de mi vida.

Lo confieso, me desmoroné por completo. Pero no por perderte — ¿o sí?—, sino por el hecho de que no me dieras ni una sola explicación. Cierto es que nunca te las había pedido, nuestra relación se basaba en la libertad absoluta, pero aquello era distinto.

Nada, no supe nada. Mis preguntas caían de mi boca al suelo sin que nadie las recogiera. Lloré mucho, mucho. Fumé aún más. Y alguna que otra noche, acompañé mis lágrimas y mis cigarros con un buen coñac. Esa combinación explosiva no conseguía aplacar mi tristeza, pero al menos la distraía durante un rato.

Las mañanas resacosas eran insufribles, haciéndome vagar como un zombi de camino al trabajo, desplomada en el asiento del autobús, con la cara desencajada día sí día también. Bajé el rendimiento a niveles insospechados y mis jefes me dieron un ultimátum en deferencia a los buenos años de servicio que, en otro tiempo, les había dado. Cualquier otro me hubiera puesto de patitas en la calle a la segunda salida de tono en mitad de una reunión. Mis amigos directamente me dieron por perdida. Demasiadas llamadas en el contestador sin respuesta, algunos desplantes y un par de discusiones, borracha y a gritos en plena calle, hicieron que los pocos amigos con los que contaba me dejaran de lado —y con razón. Perdí la salud, con problemas en el trabajo y sin apoyo de mis amigos. Caí en picado. Solo sabía compadecerme de mí misma. Vagaba como alma en pena, desordenando mis horarios, mis costumbres, le di de lado a mi casa, a mi aspecto, a todo. No era yo quien llevaba las riendas de mi vida, pero me daba igual. Sumida en ese caos poco me importaba lo que pudiera pasar.

Dentro de un pozo sin fondo al que tu indiferencia me había lanzado. Y yo seguía intentando entender por qué. O quizá ya me daba lo mismo y, simplemente, me gustaba vivir apalancada en ese dolor, en ese aislamiento al que me habías desterrado. No lo sé.

Recuerdo la tarde que nos encontramos. Habían pasado muchos meses desde la última vez que nos vimos. Paseando por la calle, creí verte a lo lejos. Caminabas de la mano de una mujer visiblemente embarazada, con ese andar acompasado de pareja feliz.

No pude evitarlo, crucé la calle para forzar el encuentro. Cuando me viste en tu horizonte te cambió el gesto. Sentí cómo tus ojos me atravesaban. Seguro que te diste cuenta de lo mucho que me había demacrado. Quizá pensaste que aún te seguía buscando. Tal vez me creíste tan imbécil de montarte una escena en plena calle.

Pasasteis por mi izquierda mientras hacías todo lo posible por no mirarme. Ella ni se percató de mi presencia. Me quedé quieta viendo cómo doblabais la esquina. Luego, me senté en un banco y encendí un cigarrillo. Fui fumando uno tras otro, dejando pasar las horas, dejando pasar la gente. Esperando que todo pasara también.

Cuando acabé con la cajetilla, tiré los restos del naufragio a la papelera más cercana: cajetilla, mechero, un papel donde había apuntado tu nuevo teléfono y un anillo de bisutería que me compraste una tarde que te sentiste generoso.

Regresé a casa caminando y sin prisa. Vacié el mueblecillo de los licores, tirándolos con pasmosa tranquilidad por el desagüe de la pila. Creo recordar que no pensaba en nada, solo oía el sonido de las botellas al vaciarse con lentitud.

Terminado el ritual, ataqué al ordenador. Borré todo lo que tuviera que ver contigo: mails, fotos, los datos de la casita rural que íbamos a alquilar ese otoño.

Aún quedaban retazos de ti en mi móvil. Mensajes perdidos con palabras sin valor que eliminé de mi vida con solo apretar un botón. Y me quedé ahí, sentada en el sofá. Con el móvil entre las manos, las persianas bajadas y la casa revuelta y sucia.

Me recosté en el sofá, testigo de tantas tardes entre tú y yo. Nuestro primer beso, nuestras películas, esas largas charlas con un café... Demasiados recuerdos para un simple mueble.

Me levanté, me quité esa ropa que llevaba desde hacía tres días y me di una reconfortante ducha. Comí algo de lo poco que quedaba sin pudrirse en el frigorífico y salí a la calle. El aire frío me golpeaba la cara. Cogí mi moto y me recorrí la ciudad sin rumbo fijo.

Acabé a las puertas de un nuevo almacén de muebles que habían abierto a las afueras. Me paseé entre los interminables pasillos de muebles, disfrutando del olor a nuevo y de las renovadas tendencias en moda. Entre tanto colorido y diseño chirriante, me topé con un fantástico sofá de tacto suave. Era perfecto. Nuevo. De un granate intenso y, lo más importante, sin el rastro de tus huellas.

Salí de la tienda después de comprarlo. También cambié la cama, el color de las paredes, las alfombras, las cortinas, incluso el aroma del quemador de aceites que solía encender por las mañanas.

También yo me hice una buena reforma. Me corté el pelo y renové mi vestuario. Volví a ir al cine y al teatro, aunque tú ya no estuvieras.

Las cosas en el trabajo mejoraron mucho. Me hice con un importante cliente al que debía defender con total dedicación, puesto que necesitaba un abogado las veinticuatro horas del día.

Hice una gran fiesta para reconciliarme con los amigos, esos que había olvidado por estar solo pendiente de ti. Y por alguna insólita razón acudieron todos y me felicitaron por el cambio, cosa que no decían solo por la casa.

Mi aspecto mejoró bastante: recuperé los kilos perdidos y el blanco de mis dientes. Seguí comprando coñac, pero solo para cocinar.

Ahora, pasado un año, he recuperado el rumbo de mi vida. Me siento bien, en todos los sentidos. Ya no me acuerdo de ti. Ya no te necesito.

Esta noche llamaron a la puerta. Cuando abrí me encontré con un hombre consumido por los años, demacrado, de ojos tristes que me miraba esperando algo. No te reconocí hasta que no abriste la boca:

—Hola... Eeh... Yo... Lo siento. Siento haberme ido así... Quieres qué...

Paraste tu discurso cuando Gonzalo nos interrumpió. Desde la puerta del salón, a media luz, me avisaba:

—Eva, comienza la película. No tardes, cielo.

No despegué los labios, no te hizo falta. Simplemente, cerré despacio la puerta, sin rencor, sin remordimientos.

La luz de la escalera se te apagó y en el silencio del portal estoy segura de que podías oír nuestras risas disfrutando de una película mientras él me abrazaba en mi sofá.

Roberto

Y cuando tomo la última uva de esta Nochevieja, me doy cuenta de con quién debería estar ahora. Contigo.

Estoy rodeado de gente, mi familia, pero me siento solo. Pienso en qué estarás haciendo ahora; en con quién podrás andar; si estarás bien o mal; si tú también piensas en mí. Y caigo en la cuenta de que he cometido el mayor error de mi vida.

Mientras mi mujer me besa y mis hijos se aferran a mis piernas arrebatados por la alegría de tenerme de nuevo en casa, mis pensamientos vuelan contigo.

Daría todo ahora mismo, solo por estar tumbado en tu sofá, en aquel apartamento cochambroso, desnudos, como hicimos el año pasado. Fue la mejor manera que encontramos de despedir un año lleno de contratiempos para recibir uno aún peor.

Nunca he sabido enfrentarme a los problemas. Sigo siendo un cobarde a pesar de las cuarenta y muchas primaveras que arrastro. Todavía recuerdo tu mirada buscando consuelo al volver del hospital aquel lunes. Oírlo de tus labios fue demoledor para mí, parando el tiempo en aquella macabra palabra. Cáncer. Me atormentaban los pensamientos y las pesadillas. Te imaginaba consumida, envenenándote poco a poco, dejándome solo cualquier día. No podía soportar la idea y, simplemente, me fui. No quería tenerte cerca, no quería ver cómo te ibas apagando con la impotencia de no poder ayudarte.

Huí de tu vida una mañana de martes antes de que regresaras de una nueva sesión. Fui incapaz de resistir tu dolor y me refugié en mi antigua vida, con mi antigua mujer y mi antigua rutina de la que tú me habías rescatado.

Hubo quien me llamó para recordarme que era un asqueroso cobarde, no andaban desencaminados. Otros intentaron la terapia inversa buscando ablandarme para que volviera, sin éxito. Mi amigo Pablo me ponía al tanto de tus progresos, por si aquello servía de algo. En el fondo confiaban en que cambiaría de opinión, que pesaría más el amor que el miedo. Pero el miedo ganó la partida.

El ruido de un petardo en la calle me devuelve al presente. Mi mujer sigue besándome, empalagosa, y mis hijos juegan a nuestro alrededor. Yo necesito salir de aquí para poder oírte de nuevo. Necesito decirte que estaba equivocado, reconocer mi error, mi traición, y esperar que puedas perdonarme. Nunca es tarde para intentarlo. Nunca es tarde para recuperar el tiempo perdido.

Sé que no va a ser fácil, pero estaré contigo porque tengo muy claro que quiero estar a tu lado; porque me he dado cuenta que necesito tenerte cerca y cuidarte como tú harías conmigo. Lo superaremos juntos. Te conozco, sé que no vas a rendirte tan fácilmente, que esto no podrá contigo, con nosotros.

Aparto a mi mujer y salgo del salón, decidido a irme esta misma noche. Busco en los bolsillos de mi abrigo el móvil para llamarte. Te diré que lo siento, que voy a buscarte donde estés. Te diré que te quiero, que me perdones, que nunca es tarde...

En la pantalla parpadea el aviso de un nuevo mensaje.
Es Pablo, seguro, para felicitarme el año nuevo... Seguro...
Lo abro y leo:

> *"Estamos en el tanatorio. Elena se ha cansado y se
> ha dejado ir"*

Un escalofrío me recorre el cuerpo hasta escaparse por
mis ojos. Y siento que he llegado tarde, demasiado tarde.

Ruth

Bajamos la escalera, en penumbra. Tus dedos fríos se entrelazan con los míos. Tiro de tu mano. No puedo aguantarlo más. Con vergüenza, bajo la cara y la apoyo en tu hombro. No dejo de pensar en que me muero porque tomes la iniciativa y me beses. Ahora. Ya.

Y, por fin, tu mano me levanta de la barbilla, despacio. Puedo notar tu boca acercándose a mí. Tus labios me besan marcando los míos con tu sabor y tu lápiz de labios. El tiempo se para en nuestro beso mientras dos bocas enloquecidas se devoran.

Tus dedos se enredan en mi pelo y mis brazos rodean tu cintura, estrecha, mía. Te atraigo hacia mi cuerpo. Nuestras bocas buscan saciarse la una en la otra.

Tus ansias me empujan contra la pared. Te pueden las ganas, nos pueden a las dos. Este beso llevaba mucho tiempo esperando ser dado, aunque fuera a oscuras y en secreto.

Siento calor, un calor que puede conmigo. Se refleja en mis mejillas, me arde dentro. No pienso hacerle caso a mis miedos y te beso aún con más ganas.

Oímos pasos en la escalera y nuestro beso se diluye en segundos. Alguien baja a los servicios de aquella tasca de la zona vieja de la ciudad. Como dos resortes, nos soltamos. Te separas de mí lo suficiente para que aquello parezca una inocente conversación.

Nuestra amiga María pasa entre las dos. Se sonríe. Parece saber lo que acaba de pasar y esa naturalidad con la que lo asume nos hace respirar aliviadas. Somos nosotras quienes más nos estamos censurando. Me miras y susurras:

—Volvamos con los demás.

Asiento con la cabeza. Me ofreces la mano y, sin dudarlo, la cojo con fuerza y subimos la escalera sin soltarnos.

Natalia

N unca pensé que sentiría esa enfermiza e irracional sensación que son los celos. Esos que llegan cuando menos te lo esperas y te devoran la razón para retorcerla hasta el extremo.

Natalia era mi referente de mujer perfecta: trabajadora, humilde, discreta incluso al vestir, y con mucho carisma. Un diamante en bruto, difícil de encontrar en los tiempos que corren. Éramos compañeras de trabajo y de copas. En poco tiempo nos hicimos inseparables. Tenía suerte de que estuviera a mi lado. Nuestra complicidad llegaba al punto de que solo con mirarnos sabíamos qué pensaba la otra. No había secretos entre nosotras ni nada que pudiera resquebrajar nuestra sólida amistad.

Una noche de borrachera, Natalia me confesó que Sergio —uno de los jefazos de la empresa— llevaba tiempo detrás de ella y que había decidido quedar con él. Yo sabía que le gustaba aquel tipo engreído y prepotente, lo que no me esperaba es que Sergio pudiera tener ojos para algo más que no fuera su propio reflejo en el espejo.

Exaltada, quiero pensar que por los efectos del alcohol, comenzó a desgranarme un listado de virtudes que solo ella veía. Cuanto más la oía hablar, más crecía en mí un odio irracional hacia ese tipejo con traje de marca y pocas ideas. De nada sirvieron mis intentos por mostrarle el tipo de persona que realmente era, ella no me escuchaba. El amor le taponaba los oídos y reblandecía su criterio. Nadie en su sano juicio sentiría algo por alguien como Sergio. Un trepa que había llegado a lo más alto pisando cabezas y tirando de contactos influyentes. Valían más sus zapatos que él. Pero Natalia me ignoró por completo. Iban a quedar al día siguiente. Cuando lo dijo algo estalló dentro de mí. Se podía ver la rabia asomando en mi cara, no me molesté en disimularlo, me daba lo mismo si Natalia se percataba de mis celos. En el fondo buscaba que los percibiera.

La rabia y los celos bullían en mi cabeza. ¿Cómo podía querer algo con el mediocre de Sergio? ¿Cómo podía decirme que era lo mejor que le había pasado? ¿Y yo? ¿Dónde quedaba yo entonces? ¿Acaso yo no era nada para ella?

Natalia estaba tan embobada con su cita que pasó por alto el rencor destilado en mis palabras. Ya solo pensaba en qué vestido se pondría para esa cena.

Demasiados preparativos para una cita que nunca llegaría. Cuando encontraron el cuerpo de Sergio, hacía ya dos horas que Natalia le esperaba en un lujoso restaurante de poca luz a los que acuden los que tienen mucho que ocultar. Y Sergio era uno de esos, no es fácil esconder una mujer y dos hijos pequeños. Claro que él ya tenía manejo en esas lides porque Natalia no era la primera, pero sí fue la última.

No daba crédito cuando a la mañana siguiente —abatida todavía por el plantón— le dimos la inesperada noticia. Destrozada, volvió a mis brazos buscando apoyo y consuelo. Y yo, complaciente, se lo di. No soportaba verla sufrir y menos por un tipejo como ese. El hecho de que Sergio hubiera desaparecido de escena, precipitó los acontecimientos lanzando a Natalia no solo a mis brazos, sino también a mi cama.

Y no, no penséis que mis celos me llevaron a terminar con ese petimetre. Eran fuertes, sí, pero aún lo son más los de una casada harta de que se la engañe día sí y día también. No fue difícil encender la mecha de la —ahora— desconsolada viuda. Bastó una oportuna llamada de teléfono y el resto vino rodado... Pero eso, si acaso, que os lo cuente ella.

Jordi

E s casi la hora. Con impaciencia fumo el enésimo cigarrillo mientras te espero. Sobre la mesa dos cafés humeantes y una cajetilla de tabaco abierta. Esta vez soy yo quien te pone la tentación a mano. Llevo meses oyéndote decir que has dejado de fumar y los dos sabemos que no es verdad.

Entras silbando una cancioncilla pegadiza que, seguramente, te has inventado mientras subías en el ascensor. El flequillo revuelto por el viento. Ese jersey azul que me gusta tanto. Arrastrando los pies como un niño y es que, en el fondo, sigues siendo un niño. Tus ojos te delatan, por mirarlo todo con infinita curiosidad.

Te sientas a mi lado, sé que estás sonriendo. Tu colonia inunda el ambiente. Tamborileas nervioso sobre la mesa y tus dedos, disimulando, caminan hacia la cajetilla abierta. Has caído en mi trampa. Rozas los filtros y eliges un cigarro, como quien escoge entre un puñado de caramelos.

No vas a encenderlo, lo sé y lo sabes, pero me miras de reojo para confirmar si me he dado cuenta de tu robo. Lo sostendrás entre los dedos, juguetando con él. Tal vez lo acerques a tu boca, fingiendo una profunda calada. Tal vez lo coloques detrás de la oreja antes de irte para disfrutarlo en esos cinco minutos perdidos que te llevan a la boca de metro.

Carraspeas y comienzas a leerme el cuento que toca hoy. Tu voz resuena serena y pausada, con esos matices que delatan de dónde viniste. Ese acento *catalá* que no puedes, ni quieres, disimular.

Disfruto tanto cuando vienes a leerme. Solo a mí. Apoyo la barbilla en mis brazos cruzados sobre la mesa y te observo cómo gesticulas, dándole cada vez más énfasis a lo que me vas contando.

Apenas son cinco minutos, la prisa te arrasa. Pero son tan intensos que parece que el tiempo se para.

Cae tu cigarrillo en la mesa y rueda hasta mis dedos. Alargas la mano y, al cogerlo, me rozas. Salieron volando nuestros minutos y, cuando quiero darme cuenta, ya te has ido. Silbando esa melodía que seguro acabas de inventar, mirándolo todo con ojos de niño y despidiéndote con tu sencillo "hasta luego" que cada vez se me hace más eterno.

Apago la radio y con ella, ese mundo paralelo que me he creado para escapar de la oscuridad en la que vivo desde que aquel accidente me dejó ciega. Estos desvaríos no pueden ser buenos, solo eres una voz. No hay cafés, ni jersey azul y ni siquiera sé si me mirarías con curiosidad o con compasión, como todos últimamente. Pero a mí me gusta pensar así. Escaparme a ese mundo que he creado con tu voz, donde los gestos nos delatan, donde todavía hay luz y los colores siguen siendo vivos.

Clara

Llevo años viviendo con un hombre que ya no me quiere. Apenas me habla, si acaso para preguntarme qué hay para cenar o si ya está planchada su camisa azul.

Al principio me dolía. No entendía cómo había cambiado tanto, él que siempre fue tan atento conmigo. Supongo que había perdido mi atractivo. Los años no pasan en balde y, sin darme cuenta, los míos me habían atropellado al doblar la esquina. Las hechuras de mi cuerpo habían perdido su forma original. Ni las dietas ni el Pilates habían sido suficientes puesto que ya no conseguía alimentar su deseo. La monotonía se había apoderado de mis conversaciones. Los problemas de mi trabajo o los quehaceres domésticos vivían apostados en mi boca y, lógicamente, eso acaba agotando a cualquiera.

Él también había caído preso de la rutina. Nunca se cuidó demasiado pero, al menos antes, me hacía reír. Ahora, me conformaba con que no me hiciera llorar.

Para él todos los problemas de la casa tenían comienzo y final en mí. Yo los había creado y yo debía resolverlos, por la cuenta que me traía. No es que viviera bajo amenaza, ni mucho menos, era solo que prefería acabar con ellos antes de que ellos acabaran conmigo.

Esa situación se hacía inaguantable por momentos.

Siempre discutiendo. Siempre enfadado. Me pasaba más tiempo en la cama compadeciéndome, que en pie disfrutando de mis treinta y tantos, mal llevados según él.

La maldita crisis económica se estaba llevando todo por delante y mi marido acabó en un trabajo que le gustaba aun menos que yo. En mi caso fue diferente, me surgió la oportunidad de dar conferencias sobre el positivismo y la mejor manera de afrontar los problemas. Tenía gracia, yo dando consejos de cómo superar los malos momentos. Pero es lo que tiene cuando de tu pared cuelga un título de licenciada en psicología. De las primeras de mi promoción. Aquella Clara sí que aspiraba alto, muy alto. Suerte que apareció mi marido para recordarme que mi sitio estaba en la cocina.

Ahora viajo mucho. Y casi mejor, el ambiente en casa es irrespirable. Nunca quiere salir, ni tampoco hablar. Si le ignoro se enfada y si le hago caso también. Con lo que la mejor manera de estar es no estando.

He llegado a la conclusión de que ya no puedo aspirar a más. Tengo casa, un buen trabajo, un compañero de piso al que cuidar —y no hablo del perro—, poco tiempo para echar en falta el amor, vamos, que lo tengo todo. Ya no necesito sentir deseo ni sentirme deseada. Cuando quiero recordar lo que es amor, me pongo una de esas viejas películas donde las chicas guapas conquistan a hombres interesantes y se dicen frases como "no quiero perder la oportunidad de conocerte".

Y así mi vida va bien, tranquila, centrada. No pierdo tiempo ni esfuerzo en cosas inútiles como despertar interés en otros o estar enamorada. Eso son cosas que no pasan.

Me encanta mi trabajo. Además, las conferencias me obligan a dormir en Barcelona al menos un par de veces al mes. Es una suerte poder trabajar allí. La ciudad es acogedora y mi empresa me ha buscado un buen hotel. Ya soy casi como de la plantilla y hasta el director me trata de tú.

Es un hombre serio, de pelo canoso. No tendrá más de cuarenta y cinco, piel morena y cuerpo cuidado. No me extrañaría que matara parte de su tiempo en ir al gimnasio del hotel. Huele siempre a *aftershave* y tiene una sonrisa blanca y perfecta.

Tiene gracia cómo, en apenas cinco minutos, alguien consigue llamar tu atención de una manera tan intensa. Al principio, no quise darme cuenta, pero reconozco que acabé buscando la manera de coincidir con él, a mi llegada o antes de marcharme, todo con tal de cruzar un par de frases cordiales y sin fondo.

Ahora vuelvo de allí, de Barcelona. Voy leyendo una de esas novelas pastelosas de Corín Tellado. Mi gesto es de fastidio, y no porque en la novela la chica llore desconsolada porque el guapo de turno la haya abandonado, sino porque hoy no pude despedirme como de costumbre de él. Cuando bajé, no estaba en recepción y el taxi ya me esperaba en la puerta con el taxímetro en marcha. Le dije a la recepcionista que se despidiera por mí y salí volando para no perder el AVE.

Tampoco es tan grave, en un par de semanas volveré y coincidiremos. Le preguntaré si le gustó la película que le recomendé y le daré las gracias por el soplo sobre la exposición de Tàpies, aunque no me hubiera venido mal haber ido con alguien más ducho en el tema, como él. No. Esas cosas no pasan.

Mis pensamientos vuelan tan rápido como los postes que acompañan a la vía del tren, cuando el teléfono móvil despierta escandaloso dentro de mi bolso.

—¿Sí?

—Hola, Clara. Soy Moisés...

—¿Quién?

—Moisés Arias, el director del hotel...

—Ah, sí. Dime. ¿Me he dejado algo?

—No, no. Perdona que haya buscado tu teléfono en la base de datos, pero como no nos vimos esta tarde...

—Ya. Cuando salí no estabas y el taxi me esperaba ya en la puerta. ¿Qué querías?

Ha sonado demasiado cortante. El silencio al otro lado del teléfono le da tintes de suspense a la conversación.

—Bueno, yo... —titubea—. Vaya, en mi cabeza parecía más sencillo...

No puedo evitar soltar una risilla inocente pero, en el fondo, nerviosa. ¿Acaso es uno de esos personajes locos que se ha escapado de las páginas de mi libro? Carraspeo:

—Perdona. Continúa, por favor.

—Bueno, es solo que voy a Madrid la semana que viene y me preguntaba si te apetecería tomar un café conmigo. Si puedes. Si quieres.

No sé qué contestar. Nunca he vivido un momento como este, parece sacado de una de esas películas a las que me he enganchado para olvidar lo asquerosa que es mi vida. Un hombre guapo e interesante me está llamando a mí. Estoy convencida de que tiene gente más que de sobra para tomar un café. Pero me llama a mí, una treintañera pasada de kilos a la que hace siglos que nadie saca a tomar ni el aire. Al otro lado, Moisés espera inquieto mi respuesta. Quizá sí tengo algo que ofrecer. Quizá todavía estoy a tiempo. Pero mi lógica aplastante toma las riendas de la conversación:

—Estoy casada.

—Lo sé.

—Hace mucho que nadie me lleva a tomar nada a ningún sitio.

—Algo intuía.

—Sé sincero. ¿Por qué me llamas? Pero nada de contestar eso de que solo es un simple café. A esta edad todos sabemos que es un mero trámite previo a quitarme la falda. ¿Por qué conmigo?

Mi pregunta le pone aún más nervioso o quizá es solo que se calla para que no surja desbocada una posible carcajada. Le oigo tomar aire:

—Bien. Quizá tengas razón o quizá te equivoques. Yo solo sé que desde que te vi me pareciste una mujer increíble. Despiertas en mí un cosquilleo que hace años que no sentía. Supongo que no debí llamarte y que, seguramente, estoy haciendo el ridículo por decirte esto. Pero tenía que intentarlo. Tienes algo... No sé... No quería perder la oportunidad de descubrir qué era.

Y por fin, después de meses, años sin hacerlo, me sonrío. Noto cómo me voy sonrojando, despertando la curiosidad del resto de pasajeros del vagón. Y no puedo por menos que aceptar ese café.

Diego

Me considero un escritor mediocre desde que ella entró a formar parte de mi mundo; viviendo de las rentas de un nombre, de una fama, ganada a base de tormentosas historias que conseguían helar el alma de mis lectores que, en poco tiempo, me elevaron a la categoría de escritor de culto. Nunca supe bien a qué daba derecho aquella categoría, pero no se vivía del todo mal en ella.

Ni los premios, ni el dinero, ni las críticas favorables por mis últimas novelas lograban llenar el vacío que sentía por no poder dar vida a aquellos primeros personajes angustiados, heridos, que habían logrado consagrarme como escritor.

Estaba atrapado por un amor que apaciguaba mi desazón, mis desvaríos, ese lado cruel y amargo que todos nos empeñamos en ocultar, pero al que yo había convertido en la clave de mi éxito.

Su amor estaba dulcificando mi carácter, impidiéndome crear esas criaturas perdidas en traumáticas historias que sufrían la vida que yo les había impuesto.

Aunque a los ojos de los demás era infinitamente mejor desde que ella estaba conmigo, tanta felicidad estaba acabando con mi capacidad para crear. Todos insistían en recordarme una y otra vez que tenerla a mi lado me estaba convirtiendo en mejor persona. Pero nadie caía en la cuenta de que, a medida que me enamoraba como hombre, como escritor iba muriendo con novelas decadentes y sensibleras, relatos de metro que se devoraban sin apenas prestarles atención.

Yo me veía atrapado, viviendo la vida de otro. Me sentía incompleto sin mis personajes sufriendo historias retorcidas que nunca acababan bien. Me diagnostiqué un exceso de felicidad; demasiada para escribir a mi gusto, para poder zambullirme en la mente atormentada de mis criaturas y desangrar sus vidas ante incautos lectores hambrientos de nuevas novelas. Había olvidado lo que era el sufrimiento, el dolor en lo más profundo, la desolación, el miedo. Necesitaba volver a encontrarme con esa angustia, verla reflejada en los ojos de alguien. De ella, por ejemplo.

Y así, di rienda suelta a mi plan. Comencé a ignorarle, a dejarle a un lado, para que desarrollara el sentimiento de la soledad, base de todos mis personajes. Me comportaba como si viviera solo. A veces me preparaba cena solo para mí, obviando que ella buscaría en vano su ración. Otras, podía coger un libro y pasarme tardes enteras leyendo sin dirigirle la palabra, ni tan siquiera para responder a sus preguntas. Solo le prestaba atención cuando me apretaban las ganas de cama y eso comenzó a desconcertarle.

El siguiente paso fue acomplejarla. Mis criaturas eran retraídas, inseguras. Necesitaba recordar cómo actuaba la gente que se sentía así. Me llevó tiempo, pues ella era una persona muy segura de sí misma. Pero mi gran virtud es la paciencia y, a base de reproches constantes, de humillaciones públicas y privadas, de ponerla en evidencia conseguí aplacar su firmeza.

Aún así, no era suficiente todavía. Yo seguía sin poder escribir y mi frustración aumentaba a pasos agigantados. Y mi ira. Y mi odio. Me dediqué a provocar sus celos. Nada mejor que una mujer desquiciada por los celos. Reales o infundados. En mi caso eran pura ficción, pero acabé convirtiéndolos en algo real viendo que no causaban el efecto deseado. Me fue fácil, hay muchas lectoras mitómanas, agradecidas y complacientes con su escritor favorito. A menudo, cuando regresaba de aquellos encuentros ya no tan esporádicos, le oía llorar en la cama, intentando ahogar el llanto con la almohada. Pero aún no era suficiente, yo no lograba dar forma a mis seres. No conseguía cuajar la novela que me devolvería a mis orígenes, a lo que era antes de que ella lo destruyera todo con ese insoportable amor que me tenía.

De golpe, le cayeron todos los años encima y su cara comenzó a tomar un gesto amargado, demacrado. Sus ojos, antes vivos y alegres, se tornaron vacíos, teñidos de una profunda tristeza, confusos por todo aquello. Desesperados, sí, pero eso para mí aun no era suficiente. No conseguían arrancar de mi imaginación nada digno de ser ni tan siquiera escrito.

La frustración no me dejaba avanzar. Solo el *whisky* calmaba la desazón, esa ansiedad que me consumía las entrañas. Aquella tarde había tomado más de botella y media de *Jack Daniel's* y, a oscuras, la esperaba en el salón.

Llegó a casa, del trabajo, y entró silenciosa para no despertar mi ira. Pero mi ira y yo le estábamos esperando. Le llamé para que viniera al salón. Entró y bajó la cabeza. No soportaba que se comportara así. Eso solo aumentó la furia que las copas ya habían alimentado.

Salté sobre ella y comencé a zarandearla de los hombros, exigiéndole que levantara la cara y tuviera el valor de mirarme cuando le estuviera hablando. Era como una muñeca de trapo entre mis manos, incapaz de hacer aquello que le estaba exigiendo.

Algo explotó dentro de mí. Una rabia contenida que se desbordó con un grito seguido de un sonoro bofetón que la tiró al suelo, desconcertada. Tan débil, tan vulnerable. Ahora sí, me miraba desde el suelo expectante, asustada, sin saber bien qué iba a pasarle. Me sentí poderoso. De pie, frente a ella, tan desvalida, en el suelo, esperando a que yo decidiera lo que debía pasar.

Me abalancé sobre ella, forcejeando para ponerme entre sus piernas. Rasgué su ropa mientras la sujetaba del cuello para que no pudiera incorporarse y evitar que gritara. Y entonces lo vi, ahí estaba, en el fondo de sus ojos: un miedo atroz, auténtico pánico, que me miraba fijamente mientras ella hacía lo imposible por respirar.

Me invadió un enorme placer, me ardía por dentro. Había encontrado en sus ojos desconcertados esa angustia que tanto tiempo llevaba buscando para vestir a mis criaturas atormentadas. Había dado con ella, por fin. Su mirada reflejaba el alma torturada del que padece un intenso dolor, un amargo sufrimiento sin sentido. Aquello que tanto había buscado, lo tenía ella, escondido en lo más profundo, sin querer dármelo. Egoísta. Pero yo había sido capaz de sacarlo a flote. Ya tenía con qué alimentar a mis criaturas desquiciadas. Había encontrado la fuente de inspiración en aquella mirada desgarradora.

Me sobrevino una gran excitación, un irrefrenable placer que ensanchaba mi imaginación y mis pantalones. Había hallado el dolor de mi felicidad, ese que siempre me permitió crear auténticas genialidades. Volví a encontrarme con aquello que, por su culpa, había dado por perdido. Un profundo y placentero gemido se mezcló con sus lamentos de impotencia por no haberse podido zafar de mí. Lloraba mientras yo me iba derramando en su interior. Nunca lo había disfrutado tanto.

Me marché dejándola ahí, tendida en el suelo, medio desnuda, inmóvil, recuperando el aire que yo le había racionado hasta casi la asfixia.

Pasé varios días sin volver por casa, mientras en mi cabeza surgían ideas, personajes, sensaciones, trágicos finales. Todo fluía como un torrente, desbordándome. Estaba listo para escribir mi gran obra, mi regreso triunfal a mis orígenes. Todo bullía en mi cabeza, solo tenía que volcarlo sobre un papel. Regreso a casa, vacía y en silencio. Aún puedo oler su perfume al entrar. Tropiezo con uno de sus zapatos olvidado en su huida en mitad del pasillo. El cristal de nuestra foto está roto y desparramado por la alfombra del salón. Ella se ha ido, pero yo vuelvo a tener a mis criaturas, mi inspiración. Ellos me consolarán. Publicaré mi mejor obra y volveré a ocupar mi lugar entre los escritores de culto, de donde nunca debí salir.

Cojo una botella de *whisky* y me siento frente a la página en blanco de mi portátil. El tic tac del reloj de pared retumba en el silencio de la casa, marcando los minutos, las horas que van pasando. La botella se vacía y acaba reventada contra la pared del salón. Mientras, la pantalla aún sigue en blanco.

CON NOMBRE PROPIO

Índice

Prólogo _____ 13

Julia _____ 17

Henrí _____ 19

Ana _____ 23

Noelia _____ 27

Gabriel _____ 29

Catalina _____ 31

Lucía _____ 35

Guillermo _____ 39

Justine _____ 41

Jimena _____ 47

Carlos _____ 53

Rosa _____ 57

Lola _____ 61

Marina _____ 65

Gloria _____ 67

Elisa _____ 69

Alex _____ 73

Javier _____ 77

Raquel _____ 81

David _____ 85

Juan _____ 87

Gustavo _____ 89

Ángel _____ 93

Isabel _____ 97

Beatriz _____ 99

Eva _____ 103

Roberto _____ 109

Ruth _____ 113

Natalia _____ 115

Jordi _____ 119

Clara _____ 121

Diego _____ 127

Printed in Great Britain
by Amazon